DE KINDEREN VAN DE GROTE BEER

Schreeuwende slaapzakken en

stiekeme stropers

groep 7

Carry Slee

DE KINDEREN VAN DE GROTE BEER

Schreeuwende slaapzakken en stiekeme stropers

Van Holkema & Warendorf

AVI-niveau: 7

Zevende druk 2001

ISBN 90 269 9185 1
© 1999 Uitgeverij Van Holkema & Warendorf,
Unieboek BV, Postbus 97, 3990 DB Houten
www.unieboek.nl
www.carryslee.nl

Tekst: Carry Slee
Omslagtekening: Dagmar Stam
Vormgeving: Ton Ellemers

Inhoud

Nog tweeënzeventigduizend seconden

De zevende-groepers dachten dat ze meester Karel heel erg zouden missen. Vooral omdat hij zo'n fanatieke voetbaltrainer is. En meester Tom is helemaal niet sportief. Die komt zelfs met de auto naar school, terwijl hij vlakbij woont. Toch bevalt het hen prima in groep zeven. Meester Tom heeft dan wel geen verstand van sport, hij maakt prachtige foto's. Vorig jaar heeft hij zelfs een prijs gewonnen. Samen met de zevende-groepers heeft hij een donkere kamer ingericht, in een kast achter in de klas.

Ze zitten nog maar drie weken op school en ze weten nu al hoe ze een goeie foto moeten maken. De meester leert hun ook hoe ze moeten ontwikkelen en afdrukken. Pas aan het eind van de middag, als ze hun taken af hebben, mogen ze de donkere kamer gebruiken. Daarom werken ze heel hard, zodat er lekker veel tijd overblijft. Maar vandaag lukt het niet. Meester Tom schrijft een som op het bord, maar niemand let op. Ze hebben veel belangrijkere dingen aan hun hoofd, want morgen begint de driedaagse schoolreis.

Vroeger ging de Grote Beer pas in mei of juni op schoolreis, maar meester Dik heeft het dit jaar expres vervroegd. Hij hoopt dat ze dan de rest van het jaar een hechte groep zijn. Ze kunnen nergens anders meer aan denken en maken stiekem tijdens de les lijstjes van wat ze moeten meenemen. Meester Tom heeft niks in de gaten. 'Vertel eens, Daan, wat mag je bij deze som nooit vergeten?'

'Mijn slaapzak.' Daan schrijft het gauw op zijn lijstje.

'Ik heb het niet over onze schoolreis,' zegt de meester. 'Het gaat over deze som. Kim, vertel jij het maar. Wat mag je nooit vergeten?'

'Mijn fototoestel,' zegt Kim doodleuk.

Meester Tom slaat met zijn hand tegen zijn voorhoofd. 'Wat moet ik met jullie?'

'Schoolreis... schoolreis!' Quilfort begint ermee en de hele klas valt hem bij. 'SCHOOLREIS... SCHOOLREIS...'

'Ik geef het op.' Lachend veegt meester Tom de som uit.

'Hoera!' Ze hebben het eindelijk voor elkaar. Geen moeilijke woorden en sommen meer, alleen de voorbereidingen voor morgen.

'Wat een stelletje druktemakers,' zegt de meester. 'Ik ben benieuwd wat ik morgen te zien krijg.'

'In elk geval mijn supersexy slaapmuts,' zegt Daan. 'Die krijgt iedereen te zien. Ik slaapwandel namelijk.'

'Nee hè?' kreunt Jeroen.

'Daar hebben we Lisa,' zegt de meester als de deur opengaat. Iedereen weet dat Lisa na de pauze voor haar oren naar de dokter moest. Meestal begint Lisa meteen tegen iedereen te praten als ze de klas inkomt, maar nu loopt ze stilletjes naar haar plaats. Ze gaat met haar hoofd voorovergebogen zitten.

'Wat zei de dokter?' vraagt de meester.

Lisa bijt op haar lip. 'Ik, eh... ik mag morgen niet mee. Ik moet rust houden.'

'Wát?' Op slag is iedereen stil. Ze kunnen toch niet op schoolreis zonder Lisa?

Meester Tom schrikt ook. 'Wat vervelend. Daar moeten we iets op verzinnen. Desnoods kom je alleen overdag. Dat moet te regelen zijn.'

Lisa schudt haar hoofd. 'Dat mag ook niet.'

'Het zou toch heel jammer zijn als je alles moet missen. Weet je wat, ik bel je moeder even.'

Als de meester vlak bij de deur is, springt Lisa op van haar

stoel. 'Hahaha... grapje, meester! Ik mag wel mee.'
De klas is opgelucht, alleen Daan kijkt teleurgesteld. 'Wat
een tegenvaller. Zit je me eerst lekker te maken dat je niet
meegaat en dan blijkt het een grapje te zijn.'
Iedereen begint te lachen. Ze weten allemaal dat Daan daar
niks van meent.
'Gemenerik.' Lisa geeft Daan een duw, zodat hij van de stoel
valt. Als iedereen is uitgelachen, steekt Kelly haar vinger op.
'Meester, hoeveel grote mensen gaan er eigenlijk mee?'
De meester kijkt op de lijst. 'Vijf volwassenen.'
'Vijf?' Sommigen beginnen hardop te tellen. 'U, meester
Hans, de moeder van Mieke en de vader van Houda. Dat zijn
er nog altijd vier.'
'Er gaat nog iemand mee, maar eh... dat wil ik eigenlijk nog
even geheimhouden.' Meester Tom prutst zenuwachtig aan
zijn overhemd.
'Toch niet die vervelende invalmeester, hè?' De kinderen
schrikken.
'Nee,' zegt de meester. 'Het is geen hij, het is een zij. En ze is
niet vervelend, ze is juist heel lief.'
'Ja-ja. Waarom durft u het dan niet te zeggen?'
'Ik, eh... ik ben bang dat jullie me dan gaan plagen,' zegt de
meester.
'Oh, ik weet het al,' zegt Fhad. 'De meester is verliefd.'
'Ja!' roept de klas. 'De meester neemt zijn liefje mee, hij gaat
zoenen... Zeg het maar eerlijk, meester.'
De meester slaat zijn ogen neer. 'Het is niet mijn liefje. Het is
mijn moeder.'
'Uw moeder?' De kinderen kijken hem met open mond aan.
Neemt meester Tom zijn moeder mee?
'Ssst... Ik wil niet dat iemand het hoort. Ik schaam me ervoor.
Alleen meester Dik weet het. Hij moest wel toestemming
geven. Ik heb namelijk last van heimwee.'
'Echt?' vragen ze.

'Ja,' zegt de meester. 'Ik ben al een keer zonder mijn moeder op schoolreis geweest en dat ging helemaal niet. Toen ik in bed lag, moest ik heel erg huilen. Ze probeerden mijn moeder te bellen dat ze me moest komen halen, maar ze snurkte zo hard dat ze de telefoon niet hoorde. Toen begon ik nog harder te huilen. Niemand kon slapen. Meester Dik heeft me met bed en al opgepakt en in het bos gezet. Daar raakte ik helemaal overstuur. Ik brulde het uit. De boswachter werd er wakker van. Hij dacht dat er een wolf in het bos zat. Toen heeft hij de politie gewaarschuwd. Ze gooiden een touw om mijn nek en sleurden me mee. Hebben jullie dat verhaal nooit in de krant gelezen?'

De kinderen proberen hun lachen in te houden. Stel je voor dat het echt waar is...

'Snappen jullie nu waarom mijn moeder meegaat?' vraagt de meester. 'Jullie boffen. Nu krijgen jullie allemaal een nachtzoen voor het slapengaan. Mijn moeder geeft van die lekkere slijmzoenen. Hmmm...'

'Gadver.' Daan trekt een vies gezicht. 'Ik hoef geen nachtzoen.'

'Je weet niet wat je mist,' zegt de meester. 'Ik verheug me er nu al op. En ook op morgen. Dan zien jullie mijn pyjama. Mijn moeder heeft een heleboel verschillende pyjama's voor me gebreid. Omdat we naar het bos gaan, trek ik mijn konijnenpyjama aan.'

Nu kunnen ze zich niet langer goedhouden. Ze zien hun stoere meester al voor zich in een gebreid konijnenpak met een grote pompoen als staartje op zijn billen.

'Hahaha...' Ze liggen slap van het lachen over hun tafel. Dit geloven ze niet meer. 'U neemt ons in de maling... Uw moeder gaat helemaal niet mee.'

'Wel waar.' Maar meester Tom schiet in de lach.

'Zie je wel?' roepen ze. 'Er is niks van waar.'

'Jullie trapten er wel in,' zegt de meester. 'Het staat één-nul.'

'Wacht maar,' zegt Kim. 'Wij hebben ook een goed plan bedacht. En dan staat het één-één, wedden?'

'Oh nee, mij foppen jullie niet,' zegt de meester.

'Wedden van wel?'

'Goed,' zegt de meester. 'Als het jullie lukt, trakteer ik op drop.'

'Koop maar vast een grote zak,' zegt Jeroen.

'Denken jullie er wel aan dat je geen snoep mee mag nemen,' herinnert de meester hen.

'Geen probleem,' zegt Thomas. 'In plaats van snoep hebben we een slof sigaretten ingeslagen.'

Iedereen moet lachen. Ze weten hoe hun meester over roken denkt.

'Hoe lang moeten we fietsen, meester?' vraagt Mieke.

'Vier uur.' De meester zegt het heel opgewekt, maar ze weten allemaal dat hij ertegen opziet.

'Heeft u eigenlijk wel een fiets?' vragen ze plagerig.

'Zo kan-ie wel weer, hè?' De meester begint gauw over iets anders. 'We moeten nog afspreken wie er vooroprijden.'

'Kelly en Thomas,' roept Houda.

'Ja-ja,' zeggen er een paar. 'Dan zijn we er na een week nog niet. Die stoppen steeds om te zoenen.'

Thomas moet lachen, maar Kelly wordt rood.

'Pas maar op met dat geplaag,' zegt de meester. 'Aan het eind van de schoolreis zijn er veel meer verliefde stelletjes.'

'Mieke en Tam!' roepen ze.

Mieke begint te grinniken, maar Patricia slaat gauw haar ogen neer. Zij is echt verliefd op Tam.

Sid steekt zijn vinger op. 'Duko en ik gaan wel voorop.'

De klas protesteert. Ze weten hoe die twee zijn. Ze gaan vast expres hard rijden zodat niemand hen kan bijhouden.

Gelukkig willen Frank en Lisa ook voorop.

'Dan moeten we loten.' De meester pakt een krijtje en schrijft een getal achter op het bord.

11

Frank en Lisa overleggen even. 'Zeven,' zeggen ze dan.
De meester kijkt Sid en Duko aan. 'Drie,' zegt Sid, zonder
Duko iets te vragen.
'Kijk.' Meester Tom slaat het bord om. Er staat een grote
zeven op. Iedereen is blij dat Frank en Lisa hebben gewon-
nen. De meester heeft de zeven nog niet uitgeveegd of er valt
een propje op Franks tafel. WAARSCHUWING, leest Frank als
hij het openvouwt. DUKO EN IK FIETSEN VOOR, ANDERS...
Eronder is een doodshoofd getekend.
Frank laat het briefje aan Lisa lezen. Maar Lisa is niet bang
voor Sid. Stom joch, denkt ze. Ik wou dat hij niet meeging.
En er zijn meer kinderen die er zo over denken. Maar als de
meester over een nachtwandeling begint, zijn ze Sid vergeten.
'Is het al zo laat?' vraagt meester Tom als de torenklok twaalf
slaat.
'Over tweeënzeventigduizend seconden zitten we op de fiets,'
zegt Quilfort.
'Tweeënzeventigduizend seconden?' vraagt Daan. 'Weet je
dat zeker?'
'Nee, eenenzeventigduizendnegenhonderdnegenennegentig
seconden,' verbetert Quilfort.
Op dat moment gaat de bel.
'Hoera!' En zonder te wachten tot de meester het teken geeft,
stormen ze de klas uit.
'Nog eenenzeventigduizendnegenhonderdnegenennegentig
seconden,' roepen ze. 'En dan gaan we.'
Lachend kijkt de meester hen na.

Vermist

'Moet je nu alweer bellen?' vraagt Lisa's moeder als Lisa
's morgens naar de telefoon rent.
'Ik moet nog iets vragen.' Voor de zoveelste keer draait Lisa
het nummer van haar vrienden.
Gisteravond ging bij Lisa thuis achter elkaar de telefoon. De
ene keer was het Kim, dan Frank of Quilfort. Telkens schoot
hun weer iets te binnen wat ze niet mochten vergeten. En
toen het eindelijk rustig leek te worden, hing Daan aan de
lijn. Hij had iets bedacht om meester Tom te foppen.
'Gaaf!' riep Lisa. 'Gaaf!' En toen moest ze weer horen wat de
andere drie ervan vonden.
'En nu ga je rustig je brood opeten,' zegt Lisa's moeder als
Lisa de telefoon neerlegt.
Lisa zit amper aan tafel of ze springt alweer op. 'Ik moet mijn
banden nog oppompen.'
'Dat heb ik gisteravond al voor je gedaan,' zegt haar moeder.
'Eet jij nou maar door.'
Opnieuw rent Lisa van tafel. 'Mijn zonnebril!'
'Eerst je boterham.' Moeder wil Lisa tegenhouden, maar op
dat moment gaat de bel.
'Daar zijn ze!' Lisa stormt de gang in.
'Daantje!' Lisa begroet haar vriend of ze hem in geen jaren
gezien heeft. Quilfort, Kim en Frank komen ook binnen.
Moeder duwt Lisa de boterham in haar hand. 'Gaan jullie
maar vast, ik kom zo met de bagage.'
Even later fietsen ze weg. 'Karren, dan zijn we de eersten.'

Maar dat hadden ze gedacht. Als ze bij school aankomen, is de halve klas er al. En er zijn ook al heel wat ouders. Meester Tom laadt met een paar vaders en moeders de bagage in de auto's.

'Goed geslapen, jongens?'

'Zo.' Ze steken twee duimen op. De meester hoeft niet te weten dat ze de halve nacht wakker hebben gelegen van opwinding.

'Daar is mijn vader.' Daan rent naar de groene Renault en haalt zijn tas eruit. De andere vier gaan voor hem staan zodat de meester niks kan zien. Daan ritst de tas een stukje open en steekt zijn hand erin. Van de zenuwen moeten ze lachen. Het is ook zo'n goeie grap. Vol spanning kijken ze naar hun meester.

'Heb ik alle bagage?' vraagt hij.

'Nee, eh... de mijne moet nog,' zegt Daan aarzelend. 'Ik zet mijn tas zelf wel in de auto.' Hij doet expres heel geheimzinnig zodat de meester wel argwaan móét krijgen.

'Je smokkelt toch niet stiekem iets mee, hè?' De meester kijkt Daan aan.

'Nee, helemaal niet.' Daan verbergt zijn tas gauw achter zijn rug.

Nu vertrouwt de meester het niet meer. 'Geef maar hier.' Hij pakt de tas. De kinderen kijken elkaar aan. Dat was nu juist de bedoeling! Meester Tom heeft nog maar één stap gezet als hij verbaasd blijft staan. 'Wat hoor ik nou?'

Ze moeten moeite doen om niet te lachen. MIAUW... klinkt het uit de tas.

'Leuk liedje ken ik, hè?' zegt Lisa gauw. 'Miauw, miauw...'

'Oh, doe jij dat? Ik dacht al.' De meester loopt lachend door. Maar dan hoort hij het weer. MIAUW... Nu weet hij zeker dat het geluid uit de tas komt. Hij bedenkt zich geen seconde en draait zich om. 'Wat heeft dit te betekenen, Daan?'

Daan haalt met een schuldig gezicht zijn schouders op.

'Dat is Isabel,' zegt Lisa. 'Daan kan niet zonder zijn poes. Ze mag toch wel mee? Wij zorgen voor Isabel.'

De meester wordt boos. 'Hier hebben we het dus uitgebreid over gehad. Kunnen jullie je niet aan de afspraken houden? En dat begint nu al, voordat we vertrokken zijn. Het valt me van je tegen, Daan.'

'Sorry,' zegt Daan.

'Niks sorry! Je weet heel goed dat zoiets niet kan. Haal die kat onmiddellijk uit de tas en geef hem aan je vader.' Als Daan niet reageert, pakt meester Tom zelf de tas. 'Dan doe ik het wel. Maar je bent nog niet van me af. Bah, wat vervelend. Ik dacht dat ik met zevende-groepers afspraken kon maken.' Hij ritst de tas open. MIAUW... klinkt het weer. De meester kijkt in de tas, maar ziet geen kat.

'Haha... Gefopt!' Daan haalt er een cassetterecorder uit. De meester slaat met zijn hand tegen zijn voorhoofd. 'Het is wel een goeie, dat moet ik toegeven.'

'Haha... de meester moet trakteren,' lachen ze.

Meester Tom pakt een grote zak drop uit zijn koffer.

'Dat belooft wat, Tom,' zegt meester Hans. 'We zijn nog niet eens vertrokken.'

'Vanaf nu trap ik nergens meer in.' En meester Tom zet Daans tas lachend in de auto.

Gelukkig schijnt het zonnetje onderweg in hun gezicht. Zoals afgesproken, rijden Frank en Lisa voorop. Eerst mopperde iedereen dat ze te hard reden. Daarna was het weer te sloom, maar nu hebben ze een prima tempo te pakken.

Kim rijdt naast Tam. Achter hen fietsen Patricia en Mieke. 'Nu wil ik even naast Mieke.' Dat doet Kim expres. Patricia heeft haar in het geheim verteld dat ze verliefd is op Tam. 'Of wil je soms niet naast Patricia rijden, Tam?' vraagt Kim schijnheilig.

'Mij best,' zegt Tam stoer. Maar Kim ziet dat hij het wel leuk

vindt. Als Mieke en Tam niet kijken, geeft ze Patricia vlug
een knipoog.

Om de moed erin te houden, zet meester Hans een lied in.
Het is best ver. Ze hebben al anderhalf uur gefietst, tegen de
wind in. Volgens de planning zouden ze nu bij een restaurant
moeten zijn, maar Houda kreeg een lekke band. Daardoor
liggen ze iets achter op het schema.

Sommigen beginnen te klagen. 'Dorst, dorst...' Meester Tom
zeurt nog het ergst. Hij wil zelfs bij een kraantje langs de weg
stoppen.

'Doorrijden.' Meester Hans duwt hem voor de grap vooruit.
'Nog vijf minuten en dan zijn we er.'

'Dat zei je net ook al,' kreunt meester Tom.

Ze kijken lachend op hun horloge.

'Nog vier minuten, meester.' Robin houdt de tijd bij. 'Nog
drie... Nog twee.' En dan zien ze het restaurant liggen. Ze
laten zich heel overdreven van hun fiets vallen en doen net of
ze helemaal zijn uitgedroogd.

'Nou nou,' zegt de ober. 'Ik zal maar snel iets te drinken voor
jullie halen.'

Ze gaan rond een grote tafel zitten.

'Voor mij tien cola,' zegt Daan als de ober de bestelling
opneemt.

'Twintig fanta graag,' zegt Lisa. 'En een brancard voor de
meester.'

Meester Hans vouwt lachend de plattegrond open. 'Dit stuk
hebben we al gefietst en hier ergens is de Bonte Specht.'

'Zo ver nog!' Meester Tom schrikt. Hij wacht tot iedereen
zijn drinken op heeft. Dan zet hij zijn handen aan zijn mond.
'We gaan zo vertrekken.'

Wie al naar zijn fiets wil lopen, wordt door meester Hans
tegengehouden. Hij wil de kinderen eerst tellen. Samen met
meester Tom maakt hij een boog voor de deur. Iedereen die
eronderdoor loopt, wordt aangetikt.

Als de hele rij voorbij is, kijken ze op. Vierentwintig, dat zijn er twee te weinig. En er zit niemand meer aan tafel. Opnieuw moeten ze binnenkomen. Maar weer komen de meesters niet verder dan vierentwintig.

'Wie missen we, jongens?'

Daan, Lisa en Frank weten het meteen. 'Quilfort en Kim.'

'Wie wil er even bij de wc's kijken?' vraagt de meester.

Inge steekt haar vinger op. Maar als ze even later terugkomt, schudt ze haar hoofd. 'Niemand.'

Lisa wijst ineens geschrokken naar het fietsenrek. 'Hun fietsen staan er niet.'

Nu schrikt de meester ook. 'Hoe kan dat nou? Wanneer hebben jullie ze voor het laatst gezien?'

'Volgens mij waren ze wel in het restaurant,' zegt Lisa.

'Nee hoor,' zegt Daan. 'Ik heb ze niet gezien.'

'Ik ook niet,' zegt Frank.

Nu begint Lisa ook te twijfelen.

Meester Tom kijkt meester Hans aan. 'Jij hebt steeds achteraan gereden.'

'Ja,' zegt meester Hans. 'Maar na de lekke band heb ik niet meer geteld.'

'Dan zijn we ze daar kwijtgeraakt.' Meester Tom ziet wit van schrik. 'Wat nu?'

'Het is het beste dat jij hier met de groep wacht,' zegt meester Hans. 'Dan rij ik terug.'

De vrolijke stemming is er meteen uit. Iedereen maakt zich zorgen.

'Laten we hopen dat je ze vindt,' zegt meester Tom.

Ze kijken meester Hans na. Hij is nog maar net de hoek om als hij een brul geeft. 'Daar zijn ze!'

Iedereen rent ernaartoe. 'Wat goed dat jullie ons hebben gevonden!' roepen ze tegen Quilfort en Kim.

Lisa valt haar vrienden om de hals. Nu komt meester Tom er ook bij. 'Wat is er gebeurd?'

Kim en Quilfort kijken de klas verward aan. 'Wat bedoelen jullie? We waren alleen even naar de wc. U zei toch dat we elk moment zouden vertrekken? Nou, toen zijn we vast hiernaartoe gegaan.'

'Nee, hè?' Meester Tom wordt boos. 'We dachten dat we jullie kwijt waren. Dit flikken jullie me niet meer.'

Kim en Quilfort zeggen dat het hun spijt dat ze niet terug zijn gegaan. Maar het helpt niet. Meester Tom blijft boos. Kim is al bang dat die woede drie dagen gaat duren. Maar als Quilfort na een tijdje op de fiets begint te zingen, zingt hun meester weer vrolijk mee.

De dropping

Het lijkt wel of ze de Tour de France hebben gereden. Zodra ze de tuin van de Bonte Specht inkomen, worden ze met applaus ontvangen. Niet alleen de ouders van Mieke en Houda en het personeel van het huis staan te wachten, ook meester Dik is er. Dat vinden ze helemaal een verrassing. Ze wisten niet dat hij zou komen.

'Blijft u ook slapen, meester?' vragen ze.

'Nee,' zegt meester Dik. 'Maar wel eten.'

'Gezellig!'

Als ze hun fietsen hebben weggezet, heet de baas van het huis hen van harte welkom. Hij legt in het kort de huisregels uit. Daarna krijgen ze een rondleiding. Eerst komen ze in de eetzaal. Wat ziet het er gezellig uit met die lange tafels.

Daan doet net of hij de gastheer is van een chic restaurant.

'Dames en heren, mag ik u verzoeken aan tafel te gaan?' Hij houdt zogenaamd een fles omhoog. 'Iemand nog een beetje wijn?' Hij wijst naar Lisa. 'Die dame mag niet meer. Dan wordt ze dronken.'

Lachend lopen ze door, want ze moeten nog veel meer bekijken.

'Een voetbalspel!' roepen ze blij als de volgende deur opengaat.

'Dat gaan we vanavond doen,' zegt Quilfort.

'Nee man, vannacht,' zegt Lisa.

'Wie kan ik straks uitdagen voor een partijtje?' vraagt meester Hans. Hij gaat vast achter een pingpongtafel klaarstaan.

'Meester Tom!' roepen ze lachend. Ze weten zeker dat hij er niks van kan.

'Jullie willen toch niet dat hij op de intensive care terechtkomt,' zegt meester Hans. 'Hij heeft vandaag ook al een heel eind gefietst, hoor.'

De baas van het huis neemt hen mee naar de keuken. De meester wijst op een papier dat op het prikbord hangt. 'Hier staat wie er corvee hebben.'

Iedereen wil weten wanneer hij aan de beurt is.

'Ik zal het wel even voorlezen,' zegt Lisa. 'Corvee. Dinsdagavond: meester Tom. Woensdagochtend: meester Hans. Woensdagavond: meester Tom.'

'Ja, de meesters moeten alles afwassen!' roepen ze.

'Die twee bordjes en twee kopjes zijn zo schoon,' zegt de meester. 'Wat zeg jij, Hans? Zij krijgen toch niks.'

Wat is hun meester toch een pestkop.

Opgewonden lopen ze van het ene vertrek naar het andere. Ze vinden het spannend. Maar het benieuwdst zijn ze toch naar de slaapkamers. Ze willen weten hoe die eruitzien en wat voor bedden er staan.

Eindelijk is het moment aangebroken.

'En nu... de kamers.' De meester gaat hen voor door een klapdeur. Ze komen in een lange gang met allemaal deuren. De meester maakt de eerste deur open. Er staan zes bedden in de kamer. Jeroen en zijn vrienden stormen naar binnen. 'Hier gaan wij.'

'Dan gaan wij hier!' Daan, Frank en Quilfort rennen de kamer ernaast in.

Lisa en Kim gaan met Patricia en Mieke op één kamer. Dat hadden ze op school al afgesproken.

'Ik wil boven slapen,' zegt Lisa als ze de stapelbedden ziet. 'Ik ook,' zegt Mieke.

Dat komt goed uit. De andere twee kan het niet schelen.

'Kom, we gaan onze kamer inrichten.' Kim haalt een paar

foto's van paarden uit haar tas en zet ze neer. Als ze thuis was, zou Lisa protesteren. Ze houdt niet van dat paardengedoe. Maar nu vindt ze het juist gezellig. Zelf zet ze haar gameboy op tafel. Patricia zoekt een plekje voor haar cassetterecorder.

'Moet je zien wat ik heb.' Mieke drapeert over elk stapelbed een snoer met kleine lampjes.

'Gaaf!' Patricia schuift de donkere gordijnen dicht. 'Daar komt-ie!'

Op het moment dat ze de stekker in het stopcontact steekt, gaat de deur open.

'Wauauauw...' Frank, Quilfort en Daan kijken naar de lichtjes die in het schemerdonker schitteren. En dan beginnen ze te zingen. 'Stille nacht, heilige nacht...'

Er komt een heerlijke geur uit de keuken. Het liefst zouden de kinderen gaan kijken, maar dat mag niet.

'Gaan jullie maar aan tafel,' zegt de moeder van Mieke. 'De kok heeft het eten bijna klaar.'

Binnen een paar tellen heeft iedereen een plaats gevonden. Ze beginnen te juichen als de kok binnenkomt. In zijn handen heeft hij een groot blad. Niemand kan zien wat erop ligt, want er ligt een kleed overheen. De kok zet het blad op de eerste tafel. Daarna loopt hij terug naar de keuken en brengt een volgend blad naar de tweede tafel. 'Eén, twéé...' zegt hij en bij 'drie' trekt hij het kleed eraf.

'Pizza!' Ze beginnen te klappen.

'Hier moet ik een foto van maken.' Ze schieten in de lach. Dat zei meester Tom onderweg ook steeds. Pas als de kok voor de foto poseert, zien ze dat het meester Dik is. Nu snappen ze waarom hij gekomen is. Hij heeft de pizza's gemaakt. Toen de school tien jaar bestond, had hij dat ook gedaan. Als ze net zo lekker smaken als toen...

'Nog lekkerder!' roepen ze als ze een hap hebben genomen.

'U moet een pizzeria beginnen, meester.'

'Nee, doe toch maar niet.' Ze hebben veel liever dat meester Dik op hun school blijft.

'Dan word ik wel hoofd,' zegt meester Tom.

'Nee, hè?' kreunen ze.

'Ja jongens, dan wordt alles anders,' zegt meester Tom.

'Zeker anders,' zegt Quilfort. 'Dan gaat iedereen van school.'

Ze moeten allemaal weer lachen.

Meester Dik heeft erg zijn best gedaan. Hij heeft ook nog een heerlijke taart gebakken.

'Ik kan niet meer.' Fhad wrijft over zijn buik.

'Ik eet alles op, hoor,' zegt Lisa. 'We moeten er twee dagen mee doen. Morgen kookt meester Tom.'

'Ja,' zegt meester Tom. 'Ik zag net al een paar vleermuizen fladderen.'

'Gadsie... Nou, dan kom ik niet aan tafel.'

'Ik ook niet.'

Meester Dik stelt hen gerust. 'Morgen kookt de kok voor jullie.'

'Luister,' zegt meester Tom als iedereen zijn bord leeg heeft. 'Zijn jullie moe?'

'Helemaal niet!' roepen ze.

'Dat komt goed uit, want voor vanavond staat er een dropping op het programma.'

Een dropping? Wat bedoelt de meester daar nou weer mee?

'Ik verdeel jullie zo in groepjes van vier,' legt de meester uit. 'Zodra het begint te schemeren, worden jullie met een van de auto's weggebracht naar een punt in de omgeving. En dan moeten jullie zelf zien thuis te komen.'

'Makkie,' zegt Tam. 'Gewoon goed opletten hoe we rijden.'

'Dat zal niet gaan,' zegt meester Tom. 'Want jullie worden geblinddoekt.'

'Spannend!' Ze willen meteen vertrekken.

'Mogen wij met ons vijven?' vraagt Daan.

'Als je even stil bent, hoor je in welke groep je zit.' De meester leest de namen van de groepen op.

Kim, Quilfort en Daan vinden het wel jammer. Ze zitten alledrie in een andere groep. Lisa en Frank zitten wel bij elkaar, maar die hebben nog veel meer pech. Ze moeten bij Sid en Duko. Lisa probeert of iemand met hen wil ruilen. Als Fhad het hoort, wordt hij kwaad. 'Moeten jullie nou altijd per se met zijn vijven?'

Ja, dat is ook flauw, denkt Lisa, en ze houdt erover op.

'Het enige wat jullie mee krijgen is een zaklamp,' zegt de meester. 'Die krijg je pas als we vertrekken.'

'Het schemert, meester,' zeggen ze na een tijdje.

'We moeten wachten tot het groepje dat corvee heeft klaar is,' zegt de meester.

'Ik help wel even, dan gaat het sneller.' Thomas loopt de keuken in. Iedereen is verbaasd. Dat is aardig van Thomas.

Maar dan zien ze dat Kelly corvee heeft. Nu snappen ze waarom hij zo behulpzaam is.

'Alleen met de borden bemoeien, hè Thomas?' plagen ze. 'Niet met Kelly.'

Nu Thomas meehelpt, zijn ze zo klaar. Als iedereen zijn jas aanheeft, noemt de meester op bij wie de groepjes in de auto moeten.

'Aan wie kan ik de zaklamp geven?' vraagt meester Hans als het groepje van Sid aan de beurt is.

'Aan mij,' zegt Sid.

Frank en Lisa vinden het best. Ze schuiven snel de auto van Houda's vader in. Zodra ze zitten, krijgen ze een blinddoek om. Daar gaan ze. Toeterend rijden de auto's weg, allemaal een verschillende kant op.

Grinnikend zitten ze achterin.

'Nee Sid,' horen ze de vader van Houda zeggen. 'Hou je blinddoek maar gewoon voor.'

'Wat gaan we ver,' zegt Lisa na een tijdje. 'Zo'n eind kunnen we toch nooit teruglopen?'

Ze weet niet dat Houda's vader expres een omweg maakt om hen in verwarring te brengen. Eindelijk remt de auto af.

'We zijn er,' zegt de vader van Houda. Ze mogen hun blinddoek af doen. 'Stap maar uit en succes.' Hij keert en rijdt weg.

Ze zien een kerk en een stukje verderop zijn wat winkels. Welke kant moeten ze nu op? Ze zoeken een wegwijzer. Tegenover de wegwijzer is een bos.

'Dit ken ik,' zegt Sid ineens. 'Ik ben hier wel eens geweest. Je kunt rechtdoor lopen, maar door het bos is veel vlugger.'

'Wel een beetje eng in het donker,' zegt Frank.

'Hoezo: eng,' zegt Sid. 'We hebben toch een zaklamp? Ik weet de weg. Dat pad moeten we hebben. Je hoeft heus niet bang te zijn. Ik ben er ook bij, hoor. Als iemand jullie iets doet, stamp ik hem in elkaar.' En hij laat zijn spierballen zien.

Sid is toch wel aardig, denkt Lisa.

'Oké, we doen het.' Achter Sid aan steken ze de weg over. Ze lopen een heel eind door het bos. Het is wel donker, maar met de zaklamp gaat het prima. Af en toe schrikken ze als er iets kraakt.

'Sorry,' zegt Sid opeens. 'Jullie moeten hier even wachten. Ik moet piesen.'

'Ik ook,' zegt Duko.

Frank en Lisa blijven staan. Ze hebben nog niets in de gaten. Maar na een tijdje zien ze dat de zaklamp steeds verder van hen weggaat. Dat kan toch nooit kloppen? Zo ver hoeven ze toch niet voor een plas?

Ineens heeft Lisa het door. 'Ze smeren hem!' roept ze.

'Eigen schuld!' schreeuwt Sid vanuit de verte. 'Ik had toch gezegd dat ik jullie nog zou krijgen?'

Lisa en Frank gaan de twee achterna, maar omdat ze weinig zien, komen ze niet zo snel vooruit. Gelukkig struikelt Duko. 'Vlug!' Ze denken dat ze hen kunnen inhalen, maar Sid trekt zijn vriend vliegensvlug overeind. En dan rennen ze door. Lisa en Frank geven de moed op.
'Pas op voor die boomstronk,' waarschuwt Frank. 'Daar struikelde Duko ook over.' Doordat ze naar de grond kijken, zien ze iets glimmen. Lisa bukt om het op te rapen. Het is een fietssleutel met een doodshoofd eraan. Die is van Duko.
'Ik smijt dat ding in de struiken,' zegt Lisa kwaad. Maar ze steekt het toch maar in haar zak. Dat Sid en Duko nou zo gemeen zijn...
Waar zijn ze eigenlijk? Ze turen het donker in. Het licht van de zaklamp is verdwenen. Frank en Lisa kijken elkaar geschrokken aan. Daar staan ze, midden in het bos, zonder lamp.

De ontdekking

'Dat rotjoch.' Lisa moet van kwaadheid bijna huilen. 'We hadden hem nooit moeten vertrouwen.'

'Hij heeft ons gewoon in de val laten lopen. Hij wist zogenaamd de weg, ja-ja.' Frank slaat met zijn hand tegen zijn voorhoofd. 'Dat we hem hebben geloofd...'

'Ik ga niet verder het bos in,' zegt Lisa.

'Nee, natuurlijk niet, we gaan terug. En dan zien we wel hoe we thuiskomen.' Frank kijkt om zich heen. 'Weet jij nog hoe we gelopen zijn?'

'Dat wordt wel moeilijk. We hebben geluk dat de maan schijnt, anders zagen we helemaal niks.' Lisa tuurt het donker in. 'Volgens mij moeten we daarheen.' Ze raadt maar wat. Wat moet ze anders? Ze kunnen toch niet wachten tot iemand hen vindt. Dat kan wel de hele nacht duren. Zo gezellig is het nu ook weer niet in het donkere bos.

Na een paar stappen blijft Lisa onzeker staan. 'Denk jij dat we goed gaan?'

Frank kijkt om zich heen. Maar hij ziet niet genoeg. Overdag zou hij het misschien wel herkennen. 'Ik, eh... ik geloof het wel,' zegt hij aarzelend.

Zonder iets te zeggen lopen ze verder. Je kunt merken dat ze gespannen zijn, want telkens als ze ergens op trappen, schrikken ze.

'Vind jij het eng?' vraagt Lisa.

Frank houdt zich flink. 'Nee, niet echt.'

'Ik ook niet,' zegt Lisa. Maar ze zijn allebei heel schrikachtig.

Er hoeft maar iets te ritselen of ze blijven staan.

'Hoor je dat?' fluistert Lisa.

Frank luistert, maar het blijft stil.

'Gek, nou hoor ik ook niks meer. Het was zeker een muisje.'

Van de zenuwen schiet Lisa in de lach.

Als het bospad zich splitst, kijken ze elkaar aan. 'Hoe moeten we nou?' Lisa kan het zich echt niet meer herinneren en ook Frank weet het niet. Ze zijn eigenlijk zonder na te denken met Sid meegelopen.

'Wat doen we?' vraagt Frank.

Lisa telt de knopen van haar jack. 'Links, rechts, links, rechts, links... Hierheen.' En ze slaat het linkerpad in.

Hoe verder ze het pad oplopen, hoe meer Lisa begint te twijfelen. Ze heeft het gevoel dat ze steeds dieper het bos ingaan. Ineens wordt het haar te veel. 'We komen hier nooit uit. Ik vermoord dat rotjoch.' Ze geeft een trap tegen een boomstronk.

Frank probeert zo kalm mogelijk te blijven. 'Het lukt ons heus wel.'

Moedig lopen ze verder, maar na een poosje is Frank degene die verschrikt blijft staan. 'Hoor je dat gekraak?' Zijn stem slaat over. Hun ogen gaan langs de stam van een boom omhoog. En dan zien ze een heen en weer zwiepende tak. Opgelucht haalt Lisa adem. 'Ik schrik me elke keer dood.'

Frank knikt. 'Nu letten we nergens meer op, we lopen gewoon door. In het bos hoor je altijd van alles.'

'Vooral als het zo stil is.' Lisa bibbert.

'En donker,' zegt Frank.

Na een tijdje denkt Lisa toch dat ze fout zitten. 'Er had allang weer een of andere splitsing moeten komen.'

Frank denkt van niet. 'Op de heenweg liepen we ook een hele tijd rechtdoor.'

'Echt waar?' vraagt Lisa. 'Of klets je maar wat?'

'Volgens mij wel,' zegt Frank.

Er zijn nog geen tien minuten voorbij of Frank blijft weer staan. Lisa wil doorlopen, maar ineens hoort ze het ook. Een eindje verderop klinken stemmen.

Van blijdschap slaan ze een arm om elkaar heen. Nu kunnen ze tenminste de weg vragen. Wie weet is het meester Tom. Ze gaan van het pad af en lopen dwars door de struiken in de richting van het geluid. Als ze dichterbij komen, horen ze dat de stemmen heel geheimzinnig klinken. Wie zijn dat? Ineens vertrouwen ze het niet meer, maar ze willen ook niet terug. Ze moeten weten wat er aan de hand is.

Ze sluipen van de ene struik naar de andere. Telkens verstoppen ze zich zodat ze niet gezien worden.

Lisa loopt een eindje voorop. Als ze achter een hoge struik staat, wenkt ze Frank. Ze duwt de bladeren een stukje voor hem opzij. Nu ziet Frank het ook. Iets verderop staan twee mannen gebukt. Het is duidelijk dat ze ergens mee bezig zijn, maar wat ze doen kunnen Frank en Lisa niet zien.

'Dit is de laatste!' horen ze een lange man zeggen. De ander komt overeind.

Na een paar minuten komt de lange man ook omhoog. Hun gezichten kunnen de kinderen niet zien want de twee staan met de rug naar hen toe.

'En nou wegwezen,' zegt de lange man en hij schiet een pad in.

Pas als ze helemaal verdwenen zijn, durven Frank en Lisa te voorschijn te komen. Ze rennen naar voren en zien dan wat de mannen gedaan hebben. Er staat een hele rij klemmen.

'Het zijn stropers,' zegt Lisa. 'Wat gemeen! Moet je zien hoeveel klemmen ze hebben gezet. Straks komt er een lief konijntje en dat loopt er zo in.'

Frank is ook boos. 'Dat is hartstikke zielig. Ik heb er laatst nog over gelezen. Die beesten proberen zich los te rukken, maar dat gaat natuurlijk niet, want hun poot zit vast. Daardoor verwonden ze zich heel erg.'

'Wat een dierenbeulen! Wie doet dat nou? Alleen maar voor het geld.' Lisa wordt steeds kwaaier.

'Hoeveel klemmen staan er wel?' Frank begint te tellen. 'Hier één en hier twee en hier nog een...'

'Veertig,' telt Lisa.

'Wat een rotzakken,' zegt Frank. 'Moet je nagaan: die helpen even veertig dieren naar de knoppen.'

'Dat mochten ze willen, dat laat ik mooi niet gebeuren. We halen ze gewoon weg en verstoppen ze.' Lisa bukt al.

'Doe niet zo dom,' zegt Frank. 'We moeten ze juist laten staan. We vertellen het aan de meester. Ik weet zeker dat hij ook woedend is.'

Lisa knikt. 'Meester Tom gaat meteen naar de politie.'

'Dat bedoel ik nou,' zegt Frank. 'En dan kan die ze morgenochtend betrappen. Want reken maar dat ze terugkomen om hun vangst te bekijken.'

'Haha... en dan zitten ze een paar uur later achter de tralies.' Lisa steekt haar duim op. 'Zullen we gaan?'

Maar Frank is nog niet zo ver. 'De stropers worden dan gepakt, maar er zitten wel mooi veertig dieren in die klemmen.'

'Wil je ze dan toch weghalen?' Lisa begrijpt het niet meer.

'We moeten zorgen dat die dingen niet meer werken,' zegt Frank. 'We kunnen er een tak in stoppen.'

'Lukt dat?'

Frank knikt. 'Ik weet hoe het moet. Maar je moet wel heel erg op je vingers passen.'

Lisa begint meteen te zoeken. 'Deze?' Ze laat Frank een tak zien.

Frank keurt hem af. 'Die is veel te klein. Dan zit je hand er te dichtbij.'

Ze zoeken verder. Het valt niet mee in het donker, maar na een tijdje is het toch gelukt.

'Zullen we het proberen?' Frank duwt een tak in de klem

en... KLAP. Ze schrikken ervan. Wat een eng werkje is dat! Maar als ze drie klemmen hebben uitgeschakeld, weten ze hoe het moet.

Terwijl Frank en Lisa de klemmen onklaar maken, komen Sid en Duko bij de Bonte Specht aan. Ze hadden gehoopt dat ze de eersten zouden zijn, maar dat is niet zo. Er zijn al twee groepen terug.
'Bravo,' zegt meester Tom. Maar ineens ziet hij dat ze met zijn tweeën zijn. 'Waar zijn Frank en Lisa?'
'Dat moet u ons niet vragen,' zegt Sid.
'Nee,' zegt Duko.
'Jullie hebben toch geen ruzie gekregen?' vraagt de meester.
'Helemaal niet,' zegt Sid. 'We waren in het bos en toen moesten wij even piesen. Dat mag toch wel? Nou, niet dus. Het duurde ze blijkbaar te lang. Toen we terugkwamen, waren ze weg.'
'Ik begrijp het niet,' zegt de meester. 'Ze zijn toch niet zomaar verdwenen?'
'Wel dus,' zegt Sid. 'We hebben overal gezocht, maar ze waren nergens.'
'Ik wist allang dat ze dat van plan waren,' zegt Duko. 'Ze deden de hele tijd al zo raar. Ze wilden gewoon niet met ons mee.'
'Dit was dus niet de afspraak,' zegt meester Tom. 'Jullie zouden bij elkaar blijven.'
'Dat hoeft u niet tegen ons te zeggen.' Sid kijkt verongelijkt. 'Dat moet u tegen Lisa zeggen. Die heeft het bedacht. Frank is gewoon een meelopertje.'
'Ik vind dit heel vervelend,' zegt de meester. 'Ze hebben niet eens een zaklamp.'
Je kunt merken dat het meester Tom niet lekker zit. Hij loopt telkens naar het hek. Maar iedere keer als hij stemmen hoort, zijn het anderen.

De rest van de klas schrikt ook van het verhaal.
'Echt Lisa,' zegt Houda. 'Die moet weer zo nodig stoer doen.'
'Nou, reuze stoer,' zegt Tam. 'Ze kunnen niet eens de weg terugvinden.'
Als de laatste groep binnen is, stapt meester Tom op Sid af.
'Waar hebben jullie ze voor het laatst gezien?'
'In het bos.' En Sid vertelt hoe ze zijn gelopen.
'Zal ik maar gaan?' Meester Tom kijkt de rest van de leiding aan. Iedereen knikt.
'Mag ik mee, meester?' vraagt Daan.
Quilfort en Kim willen ook mee zoeken. Maar meester Tom is uit zijn humeur. Zonder antwoord te geven, stapt hij op zijn fiets en rijdt weg.

De leugen

Er klopt iets niet. Frank en Lisa hebben nog één tak over. Er waren veertig klemmen. Er moet nog een lege klem zijn.
'Zullen we die ene dan maar laten? Misschien hebben we ons wel verteld en hadden we eenenveertig takken.' Lisa wil nu eindelijk wel eens het bos uit.
Voor de zekerheid gaat Frank nog een keer alle klemmen na.
'Hier staat er nog een!' Hij heeft hem al gevonden.
Tevreden kijken ze naar hun werk. 'Wat zullen die stropers morgenochtend op hun neus kijken,' zegt Frank.
'Vooral als de politie ze inrekent.' Lisa wrijft in haar handen.
'Nu moeten we zo snel mogelijk naar de Bonte Specht,' zegt Frank.
Lisa zucht. 'Ik wil wel, maar hoe?'
'Wacht eens even, die stropers gingen daarheen.' Frank wijst naar een pad tussen de bomen.
'Dat enge pad?' Lisa schrikt. 'Daar zie je helemaal niks.'
'Maar zo komen we hier wel uit. Reken maar dat die stropers het bos kennen.' En Frank trekt Lisa mee.
'Ik wou dat ik een nachtdier was,' zegt Frank even later. 'Dan zag ik tenminste waar ik liep.'
'Mijn ogen beginnen net een beetje te wennen,' zegt Lisa. 'Als er nu maar geen splitsing komt, want dan word ik gek.'
'Heb jij dat ook wel eens?' vraagt Frank als ze een tijdje lopen. 'Dan moet je in je droom naar huis. En je loopt en loopt maar en je komt er nooit. Zo'n gevoel heb ik nu ook.'
'Vreselijk.' Lisa knikt. Ze kent het. 'Maar als je dan wakker

wordt, is het een droom. En nu is het echt.'
Plotseling vliegt een uil vlak over hun hoofden heen. 'Help!'
Frank duikt weg en Lisa geeft een gil. Ze zijn zich rot
geschrokken en moeten even bijkomen van de schrik.
'Volgens mij gaan we alleen maar dieper het bos in,' zegt
Lisa.
Maar Frank is ervan overtuigd dat ze goed gaan. 'Dacht je
dat die stropers niet wisten hoe ze hieruit moesten komen?
Hoor eens!' Frank blijft staan. 'Dit is geen uil.'
Nu hoort Lisa het ook. Dat is zeker geen uil; het is een auto.
Dat betekent dat hier vlakbij een weg is. Lisa kan het nog
niet geloven, maar als ze doorlopen, zien ze in de verte twee
lampen.
'Ik zei het toch, daar is een weg. We zijn eruit!' Van blijd-
schap valt Frank Lisa om de hals.
Opgelucht lopen ze het laatste stuk.
'Daar komt weer een auto aan,' roept Lisa blij als ze bij de
weg zijn. 'Ik ga vragen hoe we moeten.' En ze gaat midden
op de weg staan om hem tegen te houden.
'Gek!' Frank trekt haar weg.
'We moeten toch weten hoe we moeten?' zegt Lisa.
'Naar de Bonte Specht, ja, niet naar het ziekenhuis,' zegt
Frank. 'Je ziet toch hoe hard die auto rijdt? Dacht je dat die
zomaar kon stoppen? We lopen gewoon door en dan komen
we heus wel ergens.'
'Nog verder lopen? We hebben al minstens tien kilometer
afgelegd.' Maar Lisa gaat braaf achter Frank aan.
Het duurt niet lang of ze worden beloond. Na ongeveer vijf
minuten zien ze een huis.
'Daar kunnen we het vragen.' Ze steken de weg over en
lopen het pad op. Er brandt gelukkig licht, dus er moet
iemand zijn... Lisa drukt op de bel. Een paar tellen later
horen ze voetstappen. De deur gaat open en een vrouw kijkt
hen vragend aan.

'Kunt u ons misschien de weg naar de Bonte Specht wijzen?' vraagt Lisa.

'Oh, logeren jullie daar? Dat is nog een behoorlijk stuk lopen. En het is nog gevaarlijk ook. Zoals jullie zien, is er geen voetpad langs deze weg. De auto's rijden vrij hard. En in het donker zien ze je niet. Het lijkt me veiliger als mijn man jullie wegbrengt. Hij moet alleen even wachten op een belangrijk telefoontje. Kom maar binnen.' Ze houdt de deur voor Frank en Lisa open.

Achter de vrouw aan lopen ze een ruime kamer in. Je kunt zien dat er kinderen wonen. Er staan een box en een kinderstoel. 'Jullie hebben zeker dorst?' Zonder op antwoord te wachten, doet de vrouw de koelkast open en schenkt twee glazen appelsap in.

Frank en Lisa hebben inderdaad dorst gekregen van de lange wandeling. Ze zijn al zo lang onderweg. Ze drinken hun glas achter elkaar leeg.

'Dus jullie logeren in de Bonte Specht.' Daarna begint de vrouw over het huis te vertellen. Dat de eigenaar zo'n aardige man is en dat het pas is verbouwd. Het gepraat gaat een beetje langs Frank en Lisa heen. Ze kijken voortdurend op hun horloge. Als ze nu nog maar op tijd in de Bonte Specht zijn zodat de meester de politie kan waarschuwen.

Intussen wordt de sfeer in de Bonte Specht er niet beter op. De meeste kinderen zijn kwaad op Frank en Lisa.

'Zoiets doe je toch niet,' zegt Kelly. 'Nu kan meester Tom ze gaan zoeken.'

Quilfort, Kim en Daan nemen het voor hun vrienden op. Er ontstaan twee partijen. Voordat ze echt ruzie krijgen, bedenken de moeder van Mieke en de vader van Houda gauw iets leuks. 'Wie doet er mee met moordenaartje?'

'Jaa!' Daar hebben ze allemaal zin in. Ze zijn nog maar net begonnen als de deur opengaat.

'Daar zijn ze!' roept Jeroen. Maar dan zien ze dat meester Tom in zijn eentje binnenkomt. Hij loopt meteen naar meester Dik. 'Geen spoor.'
'We kunnen hier niet blijven wachten,' zegt meester Dik. 'Ik denk dat we nu toch de politie moeten inschakelen.' En hij loopt naar de telefoon. Op het moment dat hij het nummer van de politie wil intoetsen, wordt de deur opengegooid. Frank en Lisa stappen vol trots binnen. 'Knap van ons, hè, dat we het hebben gevonden? En helemaal zonder zaklamp.'
Frank en Lisa zijn veilig thuis. Dat wilde meester Tom de hele tijd. Maar nu ze eenmaal voor hem staan, wordt hij woedend. 'Ja, het is reuzeknap om ons in ongerustheid te laten zitten. Dit is geen stijl! Jullie zouden met zijn vieren bij elkaar blijven, dat was de afspraak. Gaan jullie maar naar je kamer. Ik wil jullie vanavond niet meer zien.'
Lisa en Frank kijken hun meester verontwaardigd aan. Zij kunnen er toch niks aan doen dat Duko en Sid hen hebben laten stikken. En meester Dik zegt ook al niks. En ze dachten nog wel dat hij zo aardig was. Nou, dat valt mooi tegen. Het is dat ze de meester over de stropers moeten vertellen, anders zouden ze van kwaadheid weggelopen zijn, maar dat kan nu niet. De meester moet ervoor zorgen dat die dierenbeulen worden gepakt.
'We kunnen niet naar onze kamer,' zegt Lisa. 'We hebben iets heel belangrijks te vertellen.'
'Nee, ik wil niks horen. Helemaal niks.' Meester Dik houdt met een kwaad gezicht de deur open. 'Jullie horen toch wat er gezegd wordt? Naar jullie kamer!'
Zo woest hebben Lisa en Frank meester Dik nog nooit gezien. Zonder ertegenin te gaan lopen ze weg.
In de gang komen ze Fhad tegen. 'Ik geloof dat ze daarbinnen allemaal gek zijn geworden,' zegt Lisa.
'Ik snap best dat ze kwaad zijn,' zegt Fhad. 'Het is ook een rotstreek om Sid en Duko midden in het bos te laten stikken.'

Wát!? Nu pas dringt tot hen door wat er aan de hand is. Sid en Duko hebben alles omgedraaid. Ze waren zo vol van die stropers dat ze helemaal niet meer aan die twee hebben gedacht.

Lisa aarzelt geen seconde. Ze holt terug en smijt de deur open. 'Sid heeft alles gelogen!' brult ze door de zaal. 'Ze zijn zelf weggerend, met de zaklamp. Niet wij.'

'Ja,' zegt Frank. 'Ze moesten zogenaamd piesen. Dat was gewoon een list.'

'Is dat zo, Sid? vraagt meester Tom.

'Helemaal niet,' zegt Sid. 'Dat bedenken ze nu gauw.'

'Leugenaar!' Lisa heeft zin om Sid een klap in zijn gezicht te geven.

'Jullie wilden alleen maar met jullie eigen groepje,' zegt Sid. 'Daarom zijn jullie hem gesmeerd.'

Fhad valt Sid en Duko bij. 'Dat is zo, meester, ze hebben nog geprobeerd te ruilen. Dat vond ik al zo stom.'

Lisa en Frank kijken elkaar aan. Hoe moeten ze hun klasgenoten en de meester overtuigen?

'Jullie móéten ons geloven.' Er springen tranen in Franks ogen. 'Duko en Sid renden ineens weg. Duko struikelde nog, zo'n haast hadden ze.'

Duko wordt rood. Voor hij iets kan zeggen, begint Sid te lachen. 'Hij is helemaal niet gestruikeld.'

Nu worden Frank en Lisa pas echt radeloos. Iedereen gelooft Sid. Hoe moeten ze het tegendeel bewijzen?

'Het is duidelijk,' zegt meester Tom. 'Frank en Lisa vertrekken nu naar hun kamer.'

Verdrietig draaien de twee zich om. Als niemand hen wil geloven... Maar bij de deur herinnert Lisa zich ineens de fietssleutel.

'Duko is wel gestruikeld. En toen heeft hij zijn fietssleutel verloren. Die hebben wij gevonden.' Ze houdt de sleutel met het doodshoofd eraan omhoog.

Hier hadden Sid en Duko niet op gerekend. Zelfs Sid weet niet zo gauw wat hij moet zeggen.

'Stommerd,' zegt hij tegen Duko. 'Jij verpest altijd alles.'

Meester Tom wordt wit van woede. 'Het is dus weer het oude liedje. Dit gaat mij echt te ver. Wat een onverantwoordelijke daad om ervandoor te gaan en je klasgenoten in het bos achter te laten, zonder lamp. En dan nog liegen ook.'

Meester Dik neemt het gesprek over. 'Ik heb jullie op school nog zó op het hart gedrukt geen geintjes uit te halen. Maar jullie schijnen het niet begrepen te hebben. Het komt goed uit dat ik hier toevallig ben. Pak je tas maar, dan kunnen jullie straks met mij meerijden. We zullen jullie ouders bellen dat jullie eraan komen.'

Iedereen is stil. Zou meester Dik het echt menen? Zouden Sid en Duko naar huis moeten? Ze zijn er allemaal vol van.

Alleen Lisa en Frank hebben andere dingen aan hun hoofd. Ze zien dat het steeds later wordt. Nu moet de meester het weten. Zo gauw Duko en Sid de zaal uit zijn, rennen ze naar meester Tom toe.

'We hebben iets heel gemeens in het bos ontdekt.' En Lisa begint te vertellen. Over de stemmen die ze hoorden en die zo geheimzinnig klonken. Over de twee mannen die later stropers bleken te zijn. En over de takken die ze in de klemmen hebben gestopt. Afwachtend kijken ze hun meester aan. Zou hij meteen de politie bellen? Maar meester Tom belt de politie helemaal niet.

'Sorry, jongens, ik heb nu geen zin in grapjes.' Zijn stem klinkt geïrriteerd. 'Jullie weten dat ik altijd van een lolletje hou, maar nu niet. Het is nooit eerder voorgekomen dat een leerling zich zo misdroeg dat hij naar huis werd gestuurd. En nu zijn het er maar liefst twee tegelijk. En dan nog wel uit mijn klas.'

'Het is geen grapje, het is echt waar!' roepen Lisa en Frank. Maar ze zien aan hun meesters gezicht dat hij hen niet gelooft. En de meester is niet de enige, ook hun klasgenoten geloven hen niet. Alleen Daan, Quilfort en Kim weten zeker dat ze geen grapje maken.

Even later zitten ze met zijn vijven op de kamer van de jongens. 'Wat een stelletje dierenbeulen,' zegt Daan. 'Die moeten gepakt worden. Als de meester jullie niet gelooft, dan moeten we zelf naar de politie gaan.'
'Die lacht je uit,' zegt Quilfort. 'Kinderen worden toch nooit geloofd.'
'Maar niet als je vertelt hoe ze eruitzien. Misschien zijn ze wel bekend bij de politie. Dat kan toch?'
Lisa en Frank schudden hun hoofd. 'We weten niet hoe ze eruitzien, ze stonden met hun rug naar ons toe.'
'Dan zit er maar één ding op...' Quilfort kijkt zijn vrienden aan. 'We moeten ze zelf pakken. Vannacht bedenken we een plan, afgesproken?'
Maar hij krijgt geen antwoord. In de gang zien ze meester Dik. Duko en Sid lopen achter hem. Ze hebben hun tas bij zich.
'Wel zielig dat ze naar huis moeten,' zegt Kim.
'Zielig!' Lisa springt op. 'Weet je wel wat ze gedaan hebben? Wij stonden midden in het bos, in het donker. Het was doodeng. Wat had er allemaal kunnen gebeuren?'
'En dan óns de schuld geven,' zegt Frank. 'Als we die fietssleutel niet hadden gevonden, had de meester ons nooit geloofd.'
'Ik wou hem nog wel wegsmijten,' zegt Lisa. 'Wat ben ik blij dat ik hem in mijn zak heb gestoken.'
Ze kijken naar meester Dik die zijn hoofd om de deur steekt. 'Nog veel plezier, kinderen.'
'Dag meester!' Anders hadden ze het hoofd van de school zeker uitgezwaaid. Maar nu Sid en Duko achter in de auto zitten, hebben ze daar geen zin in.

Het plan

Als meester Dik weg is, doet Quilfort zijn kamerdeur dicht, zodat niemand hen kan horen.

'We zouden vannacht toch een plan bedenken om die stropers te grijpen? Dat hoeft niet meer, ik heb al iets bedacht.'

'Vertel op!' De andere vier schuiven dichter naar hem toe.

'Wanneer halen die stropers die klemmen leeg?' Quilfort kijkt Frank aan.

'Dat gebeurt meestal 's morgens vroeg.'

'Mooi zo. Nog voordat het licht wordt, zijn wij daar.'

Kim rolt van schrik bijna van het bed. 'Je bedoelt dat wij ze moeten overvallen? Vergeet het maar, zoiets engs ga ik niet doen.'

Daar voelt Frank ook niks voor. 'Het zijn nogal lekkere kerels, die beesten martelen voor geld.'

Quilfort schudt zijn hoofd. 'Jullie denken zeker dat ik gek ben, we gaan ze niet overvallen. Dat laten we aan de politie over. We verstoppen ons daar tot ze komen. En op het moment dat ze die klemmen leeg willen halen, nemen we ongemerkt een foto en die brengen we naar de politie. Nou, dan geloven ze ons wel.'

'Wat goed! En wij weten hoe we die twee duidelijk op de foto moeten krijgen,' zegt Lisa. De anderen knikken. Nu komen de aanwijzingen van meester Tom goed van pas.

'Het kan best dat de politie die kerels herkent,' zegt Daan. 'Misschien wonen ze hier in het dorp. Dan worden ze meteen ingerekend.'

'Slim van mij, hè?' Quilfort is trots op zijn plan.

'Maar hoe doen we dat?' vraagt Kim. 'Wij slapen bij Patricia en Mieke op de kamer. Die worden vast wakker als wij het raam uitglippen.'

Daar had Quilfort nog niet aan gedacht. 'Dat risico moeten we niet nemen. Wij regelen het wel met ons drietjes. Ik stel voor dat we om half vier vertrekken, dan zijn we ruim op tijd. Jij weet toch waar we moeten zijn, Frank?'

Frank denkt na. 'Ja, ik kan het wel vinden.'

'Nou, fototoestellen genoeg.' Quilfort houdt er drie tegelijk omhoog. Meester Tom heeft hen zo enthousiast gemaakt dat iedereen een toestel bij zich heeft.

Lisa wil per se mee. Ze probeert een oplossing te bedenken, maar ze komt er niet uit.

'Hoe worden jullie eigenlijk wakker?' vraagt Kim. 'Je kunt geen wekker zetten, dat maakt te veel lawaai.'

'Nee, mijn wekker moeten we niet nemen,' lacht Daan. 'Als die afloopt, staat het hele dorp naast mijn bed.'

'We hebben geen wekker nodig,' zegt Frank. 'We blijven gewoon op.'

'Ik was toch al niet van plan om te gaan slapen,' zegt Daan. 'Ik heb niet eens een pyjama meegenomen.'

'Spannend.' Ze verheugen zich nu al op de foto. Ze willen er nog op doorgaan, maar Quilfort kapt het af. 'We moeten nu naar de anderen toe, anders valt het op.'

Als ze binnenkomen, praat iedereen over Duko en Sid. Ze snappen niet dat die twee zo gemeen zijn geweest. Ze hadden toch wel kunnen bedenken dat ze voor zoiets zouden worden weggestuurd.

'Luister,' zegt meester Tom. 'Allereerst wil ik tegen Lisa en Frank zeggen dat het me spijt dat ik zo kwaad op ze werd. Wat er vanavond gebeurd is, is heel vervelend. Gelukkig is het goed afgelopen. Frank en Lisa zijn weer heelhuids in ons midden. De jongens hebben hun verdiende straf. Ze waren

40

gewaarschuwd. Onze schoolreis mag hier niet door bedorven worden. Daarom gaan we snel over naar ons laatste programmapunt. Of willen jullie geen disco?'
'Gaaf, we gaan dansen!' roepen er een paar. 'En dan maken we het lekker donker.'
De hele klas is enthousiast. Ze weten wel wat er moet gebeuren. Op de verjaardag van meester Tom hadden ze ook disco. Iedereen heeft zijn lievelingsmuziek meegenomen. Daar hoeven ze zich niet druk om te maken.
'Wie heeft er kaarsen?' vraagt Kim.
'Thuis,' zegt Lisa.
Ja, dat snappen ze, maar daar hebben ze nu niks aan. Teleurgesteld kijken ze elkaar aan. Met die grote lamp is er niks aan. En ze kunnen hem ook niet uitdoen, want dan is het pikdonker. Houda is zo handig om uit de keuken een aantal waxinelichtjes te halen. Ze steekt ze aan, maar het is toch nog iets te donker.
'Wacht.' Mieke holt naar haar kamer.
'Perfect!' Iedereen klapt als ze met het snoer vol lampjes binnenkomt. Dat is precies wat ze nog nodig hadden. Ze verdelen de lampjes over de ruimte. Intussen schuiven een paar anderen de stoelen aan de kant. Je kunt wel merken dat ze het vaker hebben gedaan. In een paar minuten wordt de tafel in een bar omgetoverd. Als er flessen cola en frisdrank op staan, ziet het er helemaal echt uit.
'Lekker!' roepen ze als de moeder van Mieke met schalen vol chips binnenkomt. Iedereen is tevreden. Maar voordat de disco kan beginnen, verdwijnen ze eerst naar hun kamer. Als ze een poosje later binnenkomen, snapt meester Tom waarom het zo lang duurde. Ze hebben zich omgekleed. Patricia ziet er helemaal wijs uit. Ze heeft haar topje boven haar spijkerbroek aangetrokken. Mieke en Kim weten wel waarom Patricia zo haar best heeft gedaan. Ze wil indruk maken op Tam.

Daan zet zijn pet op. Hij staat achter de geluidsinstallatie met een microfoon in zijn hand.

'Welkom allemaal,' zegt hij als iedereen binnen is. 'Ik ben vanavond jullie dj. Ik open deze avond met een swingend nummer.'

Zodra de muziek begint, beginnen de meisjes te dansen. De moeder van Mieke danst ook mee. Maar de meeste jongens blijven staan. Alleen Quilfort, Fhad en meester Hans durven te swingen. De rest is veel te verlegen.

'Wat is dat nou, jongens?' vraagt meester Tom als het nummer is afgelopen.

'U danst zelf ook niet,' zeggen ze.

Dit laat meester Tom niet op zich zitten. De muziek is nog niet begonnen of hij staat op de dansvloer. Nu komen er steeds meer jongens bij. Houda kijkt verbaasd naar haar vader. Ze had niet verwacht dat hij zou gaan dansen. Daan draait het ene swingende nummer na het andere. Als iedereen op de dansvloer is, zet hij een langzaam nummer op.

'Dit is speciaal voor Kelly en Thomas!' roept hij door de microfoon.

'Ja!' roepen de anderen. 'Thomas... Thomas... Thomas...'

Thomas laat zich niet kennen. Hij schaamt zich er heus niet voor dat hij verliefd op Kelly is. Hij slaat een arm om Kelly's middel en begint te schuifelen. Eerst moeten ze lachen, maar er komen steeds meer stelletjes bij. Mieke en Kim stoten Patricia aan. 'Je moet Tam vragen.'

Patricia aarzelt. Ze is bang dat Tam nee zegt. Maar daar gelooft Mieke niks van. 'Tam kijkt de hele dag al naar je.'

Kim heeft het ook gemerkt. 'Volgens mij is hij hartstikke op je. Trouwens, Jeroen zei dat Tam verliefd was.'

Patricia begint te stralen. 'Is Tam echt verliefd?' Ze telt tot drie, haalt diep adem en stapt op Tam af. Maar Inge is haar voor. Ze vraagt of Tam met haar wil dansen en Tam doet het. 'Zie je wel dat hij niet op mij is?' zegt Patricia.

Kim en Mieke snappen het niet. Bedoelde Jeroen soms dat Tam verliefd is op Inge?

'Willen jullie dansen?' vragen Jeroen en Robin aan Mieke en Kim. Patricia gaat bij de bar staan. Ze wil niet naar Tam kijken, maar het is of haar ogen naar hem toe worden getrokken. En dan schrikt ze. Inge legt haar hoofd op Tams schouder. Patricia kan er niet tegen. Ze draait zich om en loopt weg.

'Gaaf lied, hè?' zegt Daan. 'Er komt nog een zwijmellied. En voor de echte zwijmelaars heb ik een extra verrassing. Zoenen is toegestaan.'

Kim en Mieke gaan zitten. Ze vinden Jeroen en Robin best leuk, maar in zoenen hebben ze geen zin.

Thomas en Kelly zoenen wel. Iedereen begint te fluiten.

Maar Thomas en Kelly zijn niet de enigen. Ineens zien ze dat Inge Tam wil kussen. Tam rukt zich los. 'Dat hoeft niet van mij,' zegt hij.

Inge schiet in de lach. 'Grapje.'

'Waarom wil je niet zoenen?' vraagt Kelly. 'Jeroen zei dat je verliefd was.'

'Ja,' zegt Tam. 'Maar niet op Inge.'

'Op wie ben je dan wel?' vragen ze.

'Dat gaat jullie niks aan,' zegt Tam.

Maar de meisjes blijven zeuren. 'Woont ze soms bij je in de straat?'

'Nee,' zegt Jeroen, 'ze zit in deze klas.'

Nu snappen ze er niks meer van. 'Heb je verkering aan haar gevraagd?'

'Nog niet,' zegt Tam.

'Hij durft het niet,' zegt Jeroen.

'Vraag dan vanavond maar verkering,' zegt Lisa. 'Iedereen weet nu toch al dat je verliefd bent.'

Tam verzet geen stap en Jeroen kijkt om zich heen. 'Ze is er niet.'

'Ja-ja!' Ze beginnen te joelen. 'Dat is een goeie smoes. Dan is Tam zeker op Sid of Duko.'

Kim en Mieke kijken elkaar aan. Behalve Sid en Duko is er nog iemand weg en dat is Patricia.

'Ben je soms op Patricia?' vragen ze.

Tam wordt knalrood.

'Ja!' roept de hele klas.

'Laat nou maar,' zegt Tam. 'Patricia is toch niet op mij.'

'Oh nee?' Mieke en Kim rennen naar hun kamer. En daar zit Patricia in haar eentje.

'Je moet komen,' zeggen ze. 'Tam wil je iets vragen.'

'Tam?' Patricia gaat meteen mee.

Als ze binnenkomt, begint iedereen te juichen. Jeroen duwt Tam naar haar toe. 'Vraag het dan?'

Maar Tam hoeft al niks meer te vragen. Daan zet een nieuw nummer op en Patricia en Tam beginnen te schuifelen.

'De disco is afgelopen.' Meester Tom doet het licht aan.

'Jullie moeten slapen. Morgen kom ik jullie vroeg wekken.'

Quilfort, Daan en Frank geven elkaar een knipoog. Meester Tom zal heus niet zo vroeg opstaan als zij.

Niemand vindt het erg dat ze naar bed moeten. Ze verheugen zich juist op de nacht. Ze zijn echt niet van plan te gaan slapen.

Meester Tom en meester Hans hadden niet verwacht dat het meteen stil zou zijn. Maar ze hadden er niet op gerekend dat ze zó erg zouden keten.

Het komt door Daan en Lisa. Die spelen voor spook. Telkens als ze met het laken over hun hoofd een kamer inkomen, hoor je gegil. En als er iemand van de leiding aankomt, verstoppen ze zich gauw.

Iedereen van de leiding is al een keer langs geweest om te zeggen dat het stil moet zijn, maar het helpt niet. Nog geen tel later staan ze weer naast hun bed. Om half drie heeft meester

Tom er genoeg van. Hij stuurt iedereen terug naar zijn kamer. Maar dit keer is hij zo kwaad dat ze er niet meer uit durven komen.

Alleen Lisa en Kim sluipen de gang op. Ze steken hun hoofd om de deur van de jongens. 'Succes, hè?' En ze gaan gauw terug. Ze weten dat het nu menens is. De meester heeft hen gewaarschuwd. Wie nu nog uit zijn bed komt, moet bij de leiding op de kamer slapen.

Dat mag Quilfort, Daan en Frank niet gebeuren, want dan kunnen ze hun plan wel vergeten. Ze gaan keurig in hun bed liggen. Als de meester dan binnenkomt, doen ze net of ze slapen.

Daan kijkt op zijn horloge. 'Over een uurtje vertrekken we,' fluistert hij.

'Ssst...' Quilfort is bang dat de meester hen hoort.

Stilletjes liggen ze in het donker. Nu pas voelen ze hoe moe ze zijn. Ze vechten tegen de slaap, maar hun ogen worden steeds zwaarder en vallen tenslotte dicht.

Afluisteren

Daan wordt als eerste wakker. Hij schiet overeind. Het is al licht. Wat een sukkels! Ze hebben zich verslapen. Hij kijkt op zijn horloge. Het is al zeven uur, de stropers hebben de klemmen allang leeggehaald. Hij schudt Quilfort en Frank wakker. 'Ons hele plan is verpest.'
'Wát?' Ze doen slaperig hun ogen open, maar als ze Daans gezicht zien, weten ze het meteen.
Ze springen hun bed uit. Quilfort slaat met zijn hand tegen zijn voorhoofd. Hij had zo'n perfect plan. De stropers hadden al achter de tralies kunnen zitten.
'Nou, vertel dat maar eens aan Lisa en Kim,' zegt Frank.
'Daar zijn ze al.' Ze kijken alledrie naar de deur die opengaat. Lisa en Kim sluipen naar binnen. 'We hielden het niet meer uit.'
'We hebben ons verslapen,' zegt Daan.
'Ja, je bent leuk.' Lisa en Kim geloven er niks van. 'Vertel op, hoeveel foto's hebben jullie gemaakt?' Maar als ze de jongens aankijken, zien ze dat het geen grapje is.
Lisa is woedend. 'Dat geloof je toch niet! Wat een stelletje eikels! Wie valt er nou in slaap?'
'Gelukkig hebben we morgenochtend nog een kans,' zegt Frank.
'Dacht je dat? Dacht je dat wij het nog een keer aan jullie overlaten? We gaan zelf wel. Kom mee, Kim.' En Lisa loopt de kamer uit.

Half slaperig zit groep zeven aan het ontbijt. Meester Tom heeft ook wallen onder zijn ogen. Alleen Kim en haar vrienden zijn klaarwakker.

'Jullie hebben het wel bont gemaakt,' zegt meester Tom.

De kinderen lachen hem uit. 'Noemt u dat laat? Het was nog maar half drie. Vannacht kunt u pas lachen.'

'Dat hadden jullie gedroomd,' zegt de meester. 'We zullen jullie vandaag flink afbeulen, dan vallen jullie vanavond vanzelf in coma.'

Ze zijn al bang dat ze uren rondjes moeten rennen, maar de meester heeft een veel leuker plan. 'We gaan hutten bouwen.' Iedereen is meteen fit. Ze hebben er echt zin in. Na het eten gaan ze regelrecht naar hun kamer om hun jas te halen.

Alleen Quilfort, Kim, Daan, Lisa en Frank zitten nog in de eetzaal. Ze zijn er nog niet overheen dat hun plan is mislukt.

'Wat een domper, hè?' zegt Daan. 'Nu moeten we wachten tot morgenochtend.'

'Als die klemmen er dan nog maar staan,' zegt Frank.

'Klemmen?' vraagt de kok die net de eetzaal inkomt.

Lisa en Frank vertellen van de stropers. En dat ze naar de politie willen gaan. Ze houden hun mond over de foto. Ze zijn veel te bang dat de kok het een gevaarlijk plan vindt en de meester inlicht.

'Voor zoiets moeten jullie niet bij de politie zijn,' zegt de kok beslist. 'Nee, dat is helemaal verkeerd. Daar gaat de boswachter over.'

'De boswachter...' Dat ze daar niet eerder aan gedacht hebben.

'Luister,' zegt de kok. 'Ik bel hem wel voor jullie op. Dan hoeven jullie je verder geen zorgen te maken. Jullie zijn hier om te genieten, nietwaar? De boswachter gaat er echt wel achteraan.'

'Maar, eh... vergeet u dan niet te bellen?' vraagt Lisa.

'Hoe zou ik zoiets nu kunnen vergeten? Ik doe het wel

meteen. Kom maar mee.' De kok gaat hen voor naar de keuken en pakt de telefoon. Ze zien dat hij de hoorn opneemt en een nummer intoetst.

'Hallo Albert, met Harold,' zegt hij. 'Er zijn hier een paar kinderen die gisteravond stropers in het bos hebben gezien. Tegenover het konijnenveldje. Die dierenbeulen hebben veertig klemmen gezet. Zou jij daar een kijkje willen nemen? Ze waren van plan om naar de politie te gaan, maar ik heb gezegd dat ze dat wel aan jou kunnen overlaten. Mooi zo, dat zal ik tegen ze zeggen.' De kok legt de hoorn neer. 'Nou, wat heb ik gezegd? Vanavond zitten die stropers achter de tralies, wedden? En ik moest jullie bedanken voor de tip.' Gelukkig, eindelijk iemand die hen gelooft. Met het idee dat de stropers worden gepakt, lopen ze opgelucht de keuken uit.

De ochtend vliegt voorbij. Dat komt doordat ze zo hard werken. Maar niet voor niks. Er staan vier prachtige hutten in het bos. Het lijkt wel een indianendorp. Als ze klaar zijn, moeten ze heel erg om meester Tom en meester Hans lachen. Die doen een indianendans. Kim maakt er stiekem foto's van. De meesters schrikken als ze het fototoestel zien, maar de klas begint te joelen. 'We gaan ze in de donkere kamer uitvergroten en dan hangen we ze op school in de hal op.'

'Zo gemeen zijn mijn leerlingen niet,' zegt meester Tom. 'Die willen niet dat hun lieve meester bij de ouders voor gek staat.'

'Het is je eigen schuld, Tom,' zegt meester Hans. 'Je hebt ze zelf met dat fotovirus van je besmet. Nu zie je wat ervan komt.'

Lachend bergen ze Kims fototoestel op. Ze zijn veel te bang dat de meester het rolletje eruit pikt.

Tussen de middag mogen ze bij de hutten eten. De vader van Houda maakt een vuur. Ze poffen aardappeltjes en roosteren kadetjes. En als toetje zet de moeder van Mieke een schaal snoepspekkies neer om zacht te maken.

Ze beginnen nu wel te voelen dat ze weinig geslapen hebben. 'Jullie denken zeker dat jullie de rest van de middag voor je hut kunnen luieren, hè?' zegt de meester als het vuur is gedoofd. 'En dan vannacht jullie oude meesters weer wakker houden. Nee, dat gaat niet door, we gaan vanmiddag zwemmen. En bereid je maar voor, we moeten een eind trappen.'

'Hoe ver?' vragen ze.

'Wel een kilometertje of vijftien, toch, Hans?'

Zuchtend stappen ze op de fiets. Vijftien kilometer! Hun benen zijn nu al zo zwaar. Maar na een kwartier horen ze al zwembadgeluiden. Met hun zwemspullen onder hun arm rennen ze de kleedcabines in.

'Ik duik meteen het water in,' zegt Lisa als ze zich heeft omgekleed.

'Even een plekje voor onze handdoek zoeken.' Achter Lisa aan loopt Kim naar het grasveld. Een eindje verderop zit een groepje jongens. Ze beginnen te roepen als Lisa en Kim eraan komen. Kim wordt rood. Maar je kunt zien dat ze de jongens best leuk vindt. En Lisa ook, anders zou ze er veel verder vandaan gaan zitten.

Terwijl ze hun handdoek neerleggen, gluren ze de kant van de jongens op.

'Kom mee.' Grinnikend rennen ze in de richting van het water. Lisa voelt met haar teen. 'Wat is het koud!' Maar ze laat zich niet kennen. 'Ene, tweeë...' en ze duikt erin.

'Kim!' roept ze. 'Kom dan, als je door bent is het best lekker.'

'Kim! Kim!' De jongens staan aan de kant te roepen. Nu wordt Kim verlegen. Ze klimt vlug van het trapje en zwemt weg.

'Kim, Kim!' schalt het over het water.

Quilfort, Daan en Frank komen ook aangezwommen. 'Laat die stommerds maar,' zegt Daan.

49

Kim en Lisa kijken elkaar aan. Ze vinden die jongens hele-maal niet stom, maar dat zeggen ze natuurlijk niet.

'Zie jij ze nog?' Lisa stoot Kim aan.

Ze turen naar de rand van het zwembad. 'Ze zijn weg.' Lisa's stem klinkt teleurgesteld.

'Zullen we kijken waar ze zijn?' Kim is het water al uit.

'We doen net of we ons gaan afdrogen,' zegt Lisa. En zo gewoon mogelijk lopen ze het veldje op. Maar dan kijken ze raar op. Hun handdoek is weg.

'Kim!' wordt er geroepen. Ze kijken naar de jongens en dan zien ze waar hun handdoeken zijn. De jongens hebben ze naast zich gelegd.

'Wat is er?' vraagt Daan.

Lisa wijst naar de handdoeken. 'Wat een leukerds, hè?'

'Wacht maar, die halen we wel even voor jullie terug.' En Quilfort wil op de jongens af stappen.

Lisa grijpt Quilfort vast. 'Je hoeft heus niet zo stoer te doen, dat kunnen we best zelf. Ga je mee?' Ze pakt Kims hand en loopt naar de jongens.

Nu beginnen de jongens te juichen.

'Hij vindt jou leuk,' zegt een van de jongens tegen Kim.

'Doe niet zo stom man,' zegt de ander. 'Ik zeg toch ook niet dat jij die leuk vindt.'

'Die heet Lisa.' Lisa gaat op haar handdoek zitten. Kim ploft naast haar vriendin neer.

'Gezellig,' zegt een van de jongens.

'Ja, heel gezellig.' Lisa en Kim weten niet zo goed wat ze ver-der moeten zeggen. De jongens ook niet. Van de zenuwen beginnen ze te lachen. Een van de jongens staat op en gaat naast Lisa zitten. De ander legt zijn handdoek gauw naast Kim.

Een stukje verderop zitten Quilfort, Frank en Daan. Ze kij-ken naar Lisa en Kim. 'Snappen jullie nou wat ze met die sukkels moeten?' vraagt Daan.

'Nee,' zegt Quilfort.
'Ze moeten het zelf weten.' Maar aan Franks stem is te horen dat hij het ook niet echt geslaagd vindt.
'Van mij mogen ze de hele middag bij ze blijven.' Daar meent Daan niks van, dat weten de anderen ook wel.
'Die gasten hoeven zich heus niks te verbeelden. Als wij even ons best doen, hebben we ook zo een paar meiden.' Daan kijkt naar de boom naast hen. Eronder zit een groepje meisjes.
'Die met dat rode haar vind ik leuk,' zegt Daan.
'Grappig,' zegt Quilfort. 'Ik vind die blonde juist gaaf.'
En Frank heeft het op een donker meisje gemunt.
'Durf jij iets tegen ze te zeggen?' vraagt Quilfort aan Daan. Daan schudt lachend zijn hoofd. 'Ik ben niet gek.' Maar als hij ziet hoeveel plezier Lisa en Kim met de vreemde jongens hebben, krijgt hij zin om hen lekker jaloers te maken. Hij loopt naar de meisjes toe. 'Hallo, hebben jullie zin om bij ons te zitten.'
De meisjes moeten lachen. 'Oké.' En ze komen overeind. Quilfort en Frank maken plaats. Het blonde meisje is heel verlegen, die durft de jongens niet eens aan te kijken. Maar daar heeft het donkere meisje geen last van. Ze zegt hoe ze heten en op welke school ze zitten. Algauw is het ijs gebroken. Daan maakt de ene grap na de andere. Hij valt wel bij de meisjes in de smaak.
Kim en Lisa kijken waar het gelach vandaan komt. En dan zien ze dat Quilfort, Daan en Frank opspringen en achter de meisjes aanrennen. Ineens vinden Lisa en Kim het niet meer zo leuk om bij de vreemde jongens te blijven.
'Straks komen we weer terug,' zeggen ze en ze staan op. Frank, Quilfort en Daan rennen in de richting van het zwembad.
'Mogen we meedoen?' vraagt Lisa.
Maar Daan heeft geen aandacht voor haar. 'Uit de weg!'

51

roept hij. En hij duikt achter de meisjes aan het water in. Een van de drie staat nog aan de kant. 'Daantje! Daantje!' roept ze uitdagend.

Nu krijgen Lisa en Kim helemaal een raar gevoel. Daan is toch zeker van hen en niet van die vreemde meiden?

'Zullen we teruggaan naar die jongens?' vraagt Kim.

Lisa heeft eigenlijk niet meer zo'n zin. Kim ook niet, maar ze vindt het niet aardig om hen te laten stikken.

'Ingeborg!' horen ze achter zich. Als ze zich omdraaien, moeten ze lachen. De jongens zitten alweer achter een paar andere meisjes aan.

Kim en Lisa turen over het water. 'Waar zijn Daan en Quilfort en Frank nou gebleven?' De meisjes zien ze ook niet meer.

Ze kijken bij het snoepkraampje, maar ook daar staan ze niet.

'Misschien zijn ze verliefd,' zegt Lisa. 'Dan zitten ze op het veldje te zoenen.'

Als ze het grasveld oplopen, zien ze hun vrienden zitten. De andere meisjes staan op. 'We gaan weer naar onze eigen plek, hoor.' En ze lopen weg.

Lisa en Kim gaan gauw bij hun vrienden zitten.

'Jullie vinden het zeker wel jammer, hè, dat die meisjes weg zijn,' zegt Kim plagerig.

Daan haalt zijn schouders op. 'Ze waren gewoon aardig, meer niet.'

'Dat komt omdat jullie ons gewend zijn,' zegt Lisa. 'Wij zijn ook zulke supergave meiden.'

'Maar jullie zijn nog veel meer verwend,' zegt Daan. 'Alle jongens vallen tegen als je altijd met drie van die bikkels omgaat.' En dan moeten ze allevijf weer lachen.

'Hebben we nu vrij?' vraagt Kelly als ze in de namiddag bij de Bonte Specht aankomen.

'Ja,' zegt de meester. 'De rest van de middag mogen jullie gebruiken om je voor te bereiden op vanavond.'

'Wat doen we vanavond?' vraagt Frank.

'Een toneelstuk,' zegt Kim.

'Ja leuk,' zegt Lisa. 'Maar weet je wat ik eerst wil? Naar het bos om te kijken of de klemmen weg zijn.'

Quilfort vindt het ook geen gek idee. Misschien is de boswachter het vergeten.

'Mogen we wel zo ver?' vraagt Kim.

Lisa haalt haar schouders op. 'We hoeven het toch niet te zeggen? We crossen even snel heen en weer. Op de fiets ben je er zo.'

'Dan kunnen wij beter hier blijven,' zegt Daan. 'Anders valt het te veel op.'

Lisa en Quilfort pakken hun fiets. Als de kust veilig is, schieten ze het hek door het bospad op.

'Ik vind het wel goed dat ze gaan kijken,' zegt Kim. 'Het kan best dat de boswachter er een heeft vergeten.'

'Hij kan toch wel tot veertig tellen,' zegt Daan.

'Hoe weten jullie dat er veertig klemmen stonden?' vraagt Frank. 'Dat hebben we helemaal niet verteld.'

'Van de kok,' zegt Daan. 'Dat zei hij toch aan de telefoon.'

Ze kijken elkaar aan. Hoe weet de kok dat?

'Zei de kok echt dat er veertig klemmen stonden?'

'Ja.' Kim heeft het ook gehoord.

Ze weten zeker dat Frank en Lisa geen aantal hadden genoemd.

'Zou die kok soms iets met die stropers te maken hebben?'

Op het moment dat Daan het zegt, verwerpt hij het idee weer. 'Dat is onzin.'

Maar het zit de drie toch niet lekker.

'Hij wou ook niet dat we naar de politie gingen,' zegt Daan ineens.

'Hou er nu maar over op,' zegt Kim. 'Die kok heeft er niks

mee te maken. Hij heeft de boswachter toch gebeld? Daar stonden we zelf bij.'

'Als het de boswachter wás die hij aan de telefoon had.' Frank vindt het nu ook verdacht.

Kim kan het bijna niet geloven. 'Hij deed zo aardig.'

'We kunnen het natuurlijk uitzoeken,' zegt Daan. 'Stom dat Quilfort nou net weg is.'

Frank weet wel wat Quilfort zou doen. 'De kok bespieden.'

'Zo gek is dat niet, waar is hij eigenlijk?' Daan loopt naar binnen.

'En?' vragen de twee anderen als hij naar buiten komt.

'Heel verdacht.' Daan kijkt er zo ernstig bij dat ze erin trappen.

'Kijken.' Achter Daan aan sluipen ze de gang in. Maar als ze door de keukendeur naar binnen gluren, zien ze dat de kok braaf aardappels staat te schillen. Daan steekt zijn tong uit. Als ze weg willen lopen, gaat de telefoon.

'Met Harold,' horen ze de kok zeggen. 'Verbind maar door. Ja Frits, met mij.' De stem van de kok klinkt gespannen. 'Wat doe je nou, man? Je zou me hier nooit bellen.'

Kim tikt Daan aan. Ze moet ineens heel nodig niezen. Ze probeert het in te houden door haar neus dicht te knijpen, maar het gaat niet. Hatsjieieie... klinkt het gesmoord door de gang.

'Wacht even, Frits.' De kok legt de hoorn neer en loopt de keuken uit.

'Vlug!' Ze verstoppen zich achter de trap. De kok tuurt de gang door. Zijn ogen gaan hun kant op. Ze maken zich zo klein mogelijk en houden hun adem in. Als hij hen nou maar niet ziet. Maar hij verdwijnt weer de keuken in. Opgelucht sluipen ze achter de trap vandaan.

'Ik dacht dat ik werd afgeluisterd,' horen ze de kok zeggen. 'Maar waarvoor bel je? Heb je zo'n haast? Nee, het is vannacht misgegaan. Morgen komt er van alles binnen.' Een

tijdje blijft het stil. 'Nee, niet meer bellen. Als je per se vandaag wat nodig hebt, moet je naar onze plek komen. Ik kan hier zo weg. Goed, tot zo dan.' Ze zien dat de kok de telefoon neerlegt, een schaal in de koelkast zet en zijn jas aantrekt. 'Wat nu?' vraagt Kim.
Voor Daan en Frank is het wel duidelijk. Ze moeten achter de kok aan. Dit vertrouwen ze niet.

Opgesloten

Daan wou dat de kok de hele weg over het bospad was gegaan. In het dorp is het veel lastiger hem te volgen. Het is drukker en ze moeten goed opletten of hij niet plotseling afslaat.

Voor de derde keer naderen ze een kruising. Daan verliest de kok geen seconde uit het oog. Ook Kim en Frank houden hem in de gaten, maar de man blijft rechtdoor rijden.

'Nee, hè!' Als ze vlak bij het stoplicht zijn, springt het op rood. Kim wil stoppen, maar Frank trekt haar mee. 'Karren, anders zijn we hem kwijt.'

Voordat het verkeer van rechts op gang komt, schieten ze de weg over. Als ze aan de overkant zijn, rijdt er opeens een politieauto naast hen. De agent die naast de bestuurder zit, sommeert hen te stoppen.

Help, dat moeten ze nu net niet hebben. De agent draait het raampje open. 'Dat is niet verstandig, hè, om door rood te rijden.'

Daan verbijt zich. In de verte ziet hij de kok rechtsaf slaan. 'Sorry, we letten even niet op.' Frank doet expres zo beleefd mogelijk, dat maakt de kans dat ze mogen doorrijden groter. Daan voelt elke seconde voorbijgaan. Wat staan ze hier nou met die agenten? Ze moeten achter de kok aan.

'Het zal ons echt niet meer gebeuren.' Kim zet haar liefste glimlach op.

Dat werkt. 'Nou, vooruit,' zegt de agent. 'Maar de volgende keer kost het jullie geld.'

'Dank u wel.' Ze proberen de verloren tijd in te halen en racen weg.

'Hij ging hier rechtsaf!' Daan tuurt de straat door. Ze zien een bus en een paar auto's, maar de kok is nergens te bekennen.

'Misschien is hij ergens afgeslagen.' Daan en Frank nemen een sprint.

Kim heeft spijt dat ze is meegegaan. Ze kan de jongens amper bijhouden.

'Waarom rijden we nou zo hard?' moppert ze na een poosje.

'We vinden hem heus niet meer.'

'Natuurlijk wel.' Daan en Frank crossen op een splitsing af. Ze kijken elkaar aan. 'Wat nu?'

Ze bestuderen een wegwijzer. Als ze naar links gaan, komen ze in het centrum. De andere weg gaat juist het dorp uit. Kim gelooft nooit dat zo'n geheimzinnige plek in het centrum is.

'Oké, jij je zin.' Ze slaan rechtsaf.

'Daar rijdt iemand.' Daan wijst in de verte. 'Het is hem! Het is de kok!' roept hij blij als ze dichterbij komen.

Maar Frank en Kim weten het nog niet zo zeker. De fietser heeft inderdaad zwarte krullen, net als de kok, maar zo bijzonder is dat niet. Als ze nog een stukje doorfietsen, herkennen ze het blauwe jack van de kok. Ze kunnen wel juichen van blijdschap, maar ze houden zich in.

'Niet te dichtbij,' waarschuwt Frank.

De kok rijdt erg langzaam omdat de weg vol kuilen zit. Ze fietsen langs een weiland met paarden. Anders zou Kim altijd afstappen om de beesten te aaien, maar daar is nu geen tijd voor. Ze mogen de kok niet uit het oog verliezen.

'Waar is hij nou?' vraagt Daan ineens.

Frank en Kim snappen het ook niet. 'Net reed hij nog voor ons. Hij kan toch niet in het niets zijn opgelost?'

Gelukkig let Kim heel goed op, anders waren ze er vast voorbijgereden. Tussen de struiken loopt een smal pad.

'Daarheen!' Ze fietsen het pad op en... een eindje voor hen rijdt de kok. Aan het eind van de weg ligt een oude boerderij. 'Volgens mij moet hij daar zijn.' Ze minderen vaart. Frank krijgt gelijk. De kok rijdt op de boerderij af. Hij zet zijn fiets tegen de muur. Het ziet er niet naar uit dat er iemand is, de luiken zitten potdicht. Voordat de kok naar binnen gaat, doet hij de luiken naast de voordeur open.

Een eindje van de boerderij vandaan stapt Daan af. 'We leggen onze fietsen hier in de bosjes en dan lopen we verder.' Frank wijst naar de bosjes naast de boerderij. 'Daar kunnen we ons mooi verstoppen.'

'Zo dichtbij?' schrikt Kim. 'Dat hoeft toch niet.' Maar de jongens vinden het absoluut noodzakelijk. Hoe komen ze er anders achter wat daarbinnen gebeurt? Als Daan een teken geeft, rennen ze het pad naar de bosjes op. Hijgend laten ze zich op de grond vallen. Hun hart klopt in hun keel.

'Ssst... ik hoor een auto,' fluistert Daan.

'Dat is vast die man van de telefoon,' fluistert Kim.

Door de bladeren heen zien ze een rode bestelauto het pad oprijden. De man die achter het stuur zit, hebben ze nooit eerder gezien. Hij stapt de auto uit. Hij is nog niet halverwege het pad als de voordeur opengaat.

'Ze hebben je toch niet gevolgd, hè?' Ze herkennen de stem van de kok.

'We moeten zijn nummer opnemen,' zegt Daan als de deur dicht is. Frank haalt al pen en papier uit zijn zak. Maar ze hebben pech, ze kijken tegen de zijkant van de auto aan. Ze kunnen geen nummerplaat zien.

'Ik sluip er wel even heen,' zegt Daan. Maar dat vinden Frank en Kim te gevaarlijk. 'We kunnen beter wachten tot hij wegrijdt.'

'En het dan vergeten. Mooi niet. Ze zien me heus niet.' Daan kruipt achter de struiken vandaan. Op handen en voeten sluipt hij langs de heg naar de voorkant van de auto. Hij wil het nummer opschrijven, maar hij kan zijn pen niet vinden. Daan weet zeker dat hij net nog in zijn zak zat. Hij heeft hem vast verloren. Daan tuurt over de grond en dan valt zijn oog op iets roods. Dat is hem! Hij grist de pen uit het gras en sluipt terug naar de auto. Eigenlijk hoeft hij het niet eens op te schrijven. Het is zo'n makkelijk nummer, dat onthoudt hij zo. Voor de zekerheid doet hij het toch. Hij heeft nog maar één cijfer genoteerd als de voordeur opengaat. Van schrik laat Daan zijn pen vallen. De bestuurder van de auto komt met twee zakken naar buiten. Wat moet Daan zeggen als de man hem ziet? Kim en Frank houden ook hun adem in. Ze hebben spijt dat ze Daan niet hebben tegengehouden. Vanachter de struiken bespieden ze de man die over het pad loopt. Nog een paar stappen en dan is hij bij de heg. De kans dat hij Daan ontdekt, is groot.

'Oh ja.' De man draait zich om en loopt terug. 'Ik moet je nog betalen.'

'Niet hier,' horen ze de kok zeggen. 'Kom maar even binnen.' Zodra de man een voet over de drempel heeft gezet, schiet Daan langs de heg naar de bosjes. Opgelucht halen ze adem. Maar ze blijven doodstil zitten, want de man komt alweer naar buiten. Hij laadt de zakken in de auto, stapt in en rijdt weg. Nog geen tel later komt ook de kok de voordeur uit en stapt op zijn fiets.

'Hij vergeet de luiken te sluiten,' zegt Daan.

'En nu?' vraagt Kim als de kok weg is.

'We moeten daarbinnen een kijkje nemen,' zegt Daan.

Kim rilt al bij de gedachte dat ze dat huis in moet. Frank vindt het ook eng.

'Wat willen jullie nou? We moeten toch weten of ze iets met die stropers te maken hebben?' Daan staat al bij de boerderij.

'Hij heeft het ons wel heel gemakkelijk gemaakt.' Daan schuift het raam achter de luiken omhoog.

Ze klimmen achter elkaar aan naar binnen. Ondanks de bundel licht die door het raam naar binnen valt, is het tamelijk donker. Frank probeert het lichtknopje, maar de elektriciteit is afgesloten. Als de luiken niet openstonden, hadden ze niks kunnen zien.

'Wat een eng huis.' Kim zet griezelend een stap in de huiskamer.

'Helemaal niet eng,' zegt Frank. 'Hier woont niemand meer.'

'Er liggen nog wel spullen,' zegt Kim. 'Van wie zijn die dan?'

'Ik denk dat er een oude man heeft gewoond,' zegt Daan.

'Kijk maar naar die sloffen.'

Nu vindt Kim het nog enger. 'Er heeft hier vast een oude boer gewoond. Als hij maar niet ergens dood ligt.' Ze gaan achter Daan aan de keuken in. Ze zien een koelkast en een gasfornuis, maar nergens liggen klemmen of strikken.

'Daar is nog een deur.' Frank staat alweer in de gang. Hij doet de deur open. Ze komen in de deel.

'Hier is ook niks verdachts.' Frank doet de deur dicht.

'En hier?' Ze proberen nog een deur. Door de spleten in het hout zien ze een bed.

Ineens geeft Kim een gil.

'Wat is er?' Frank en Daan staan meteen stil.

'Een muis,' zegt Kim bibberend.

'Ik dacht dat je die dode man zag.' Daan vindt het zelf ook een beetje eng.

Ze doorzoeken het hele huis, maar er zijn nergens sporen van stroperij. Kim is blij dat ze weg kan. 'Zullen we gaan?'

Maar Frank en Daan ontdekken net boven aan de trap een luik. Ze willen weten wat daarachter is en klimmen naar boven. 'Ik kijk wel even.' Daan duwt het luik omhoog.

'Gadver!' Hij trekt gauw zijn hoofd weg en laat het luik vallen.

'Wat zag je?'

'Schimmen,' zegt Daan.

'Levende?' vraagt Frank.

'Nee,' zegt Daan. 'Ze bewogen niet.'

Kim staat nog onder aan de trap. 'Kom op, we gaan hier weg.'

'Is daarboven licht?' vraagt Frank.

Daan knikt. 'Er zit een zolderraam.'

'Dan kijken we samen.' Maar Kim piekert er niet over. 'Mij krijg je die trap niet op.' En ze blijft beneden.

Langzaam duwen ze het luik omhoog. Frank steekt zijn hoofd erdoor. 'Wat zie je?' vraagt Daan.

'Het zijn dode dieren.' Nu komt Daan er ook bij. Frank wijst naar de balken. 'Dat is een dode vos en daar hangen konij-nen.'

'Yes, we zijn ze op het spoor!' Van opwinding horen ze niet dat de kok zijn fiets tegen de muur zet. Pas als zijn fiets omvalt, schrikken ze.

Stokstijf staan Frank en Daan boven aan de trap. Ze durven het luik niet te laten vallen. Kim is nog beneden. Haar hart staat stil als het hoofd van de kok voor het raam verschijnt. Ze kan nog net wegduiken.

Ineens wordt het pikdonker.

Krijtwit staan ze daar. Die plotselinge duisternis heeft maar één oorzaak: De kok heeft de luiken dichtgedaan. Ze zitten opgesloten.

Betrapt

Terwijl Frank, Daan en Kim in de boerderij zitten opgesloten, zijn Lisa en Quilfort op weg naar het bos.
Ze zijn nog lang niet op het veldje waar ze de stropers zagen, want ze staan langs de weg met een lekke band. Quilfort is door een spijker gereden. Ze proberen zijn band op te pompen, maar hij blijft even plat.
'We laten je fiets gewoon staan. Spring maar bij mij achterop.' Lisa is vergeten dat haar bagagedrager gebroken is.
Quilfort gaat zitten. 'Help, dat ding is kapot!' Meteen springt hij eraf. 'Dan maar niet naar het bos.'
Maar Lisa wil per se weten of de klemmen zijn weggehaald.
'Hoe wou je dat doen?' Quilfort kijkt om zich heen. 'Ik zie geen fietsenwinkel. En het dorp is mijlenver weg.'
Lisa denkt na en dan weet ze iets. 'Jij blijft hier en ik haal Kims fiets. Als ik hard doortrap, ben ik zo terug.'
'Gezellig,' zegt Quilfort. 'Dan mag ik hier een half uur wachten.'
'Je overdrijft, binnen twintig minuten sta ik weer hier, goed?' Zonder op antwoord te wachten, stapt Lisa op haar fiets en rijdt weg.
Quilfort voelt zich niet echt op zijn gemak. In geen velden of wegen is een mens te bekennen. Zo te zien zijn ze echt in een uithoek beland. Lisa weer met haar fantastische ideeën...
Zuchtend zit Quilfort langs de weg met zijn hoofd in zijn handen.
Er zijn nog geen drie minuten verstreken als er een auto

stopt. De vrouw die achter het stuur zit, draait haar raampje open. 'Voel je je niet goed?' vraagt ze bezorgd.

Quilfort kijkt verbaasd op. 'Ja hoor.'

'Oh, ik dacht even dat je onwel was geworden. Dat moet je hier niet hebben, het is zo'n afgelegen plek.'

'Ik heb alleen een lekke band,' zegt Quilfort.

De vrouw geeft gas, maar een tel later trapt ze op haar rem. Opnieuw steekt ze haar hoofd uit het raampje. 'Als je zelf je band kan plakken, ik heb bandenplakspul thuis. Je mag je fiets op het fietsenrek zetten, ik woon hier een paar honderd meter vandaan.'

Quilfort vindt het geen gek aanbod, maar hij moet natuurlijk wel terug zijn voordat Lisa er is. 'Hoe lang is het rijden?'

'Vijf minuten,' zegt de vrouw.

Dat moet lukken. 'Oké.' Quilfort tilt zijn fiets op het rek.

Lisa trapt zo hard ze kan. Ze had gedacht dat het minder ver was. En straks moet ze dat hele eind ook weer terug. Hijgend komt ze bij de Bonte Specht aan. Overal studeren groepjes kinderen iets voor de avond in. Lisa zoekt haar vrienden, maar ze zijn niet binnen. En bij de hutten zijn ze ook niet. Ze kan Quilfort niet nog langer laten wachten. Ze besluit Kims fiets ongevraagd mee te nemen. Hij staat toch niet op slot. Ze loopt de schuur in. Het is maar goed dat ze weet waar Kim haar fiets heeft neergezet, anders zou ze heel lang tussen al die fietsen moeten zoeken. Maar als ze achter in de schuur komt, is het fietsenrek leeg. Dat betekent dat Daan, Frank en Kim weg zijn. Lisa vindt het vreemd. Maar ze heeft geen tijd om erover na te denken. Ze moet op zoek naar een andere fiets. Lisa gaat de rekken na, maar alle fietsen staan op slot. Even overweegt ze Miekes sleuteltje te vragen, maar ze doet het niet. Niemand mag iets van hun ontsnapping weten. Had ze maar naar Quilfort geluisterd. Nu kan ze dat hele eind weer terug, en dat allemaal voor niks.

Quilfort stopt de bandenplakspullen terug in het blikje. Het was nog een heel werk. De spijker had drie gaten in zijn band geprikt. Nu moet hij opschieten, anders staat Lisa er al. 'Hartelijk bedankt,' roept hij tegen de vrouw en hij gaat ervandoor.

Hij heeft het gelukkig gered. Als hij aan komt rijden, is Lisa er nog niet. Maar het had niet veel langer moeten duren, want hij staat er nog maar net als Lisa de hoek om komt. 'Balen!' roept ze vanuit de verte. 'Kim is zelf op haar fiets weg. Stom, hè? Nu kunnen we nog niet naar het bos.'

'Of ik moet op mijn eigen fiets gaan,' zegt Quilfort doodleuk.

'Zeker met die spijker in je band,' zegt Lisa.

'Weet je, ik zal mijn fiets eens streng toespreken.' Quilfort draait zich om naar zijn fiets. 'Hé brikkie, wat is dat nou voor gezeur? Je kan toch wel tegen een spijkertje. Blaas die band eens even lekker op.'

'Haha, wat zijn we weer grappig.' Lisa heeft geen zin in die onzin. Ze heeft de pest in dat hun plan niet kan doorgaan.

'Nou,' zegt Quilfort. 'Ik geloof toch dat hij braaf is. Kijk eens naar mijn band?'

Lisa begrijpt er niks van. 'Waar is die spijker?'

'Daar!' Quilfort heeft de spijker gauw naast zijn voorwiel gelegd. 'Niet verder vertellen, hoor, dat ik die gave heb. Ik wil niet dat iemand het weet.'

Lisa lacht Quilfort uit. 'Dacht je dat ik daarin trap?'

'Je hoeft het niet te geloven,' zegt Quilfort. 'Laten we gaan, anders komen we nooit bij die klemmen.'

Het laat Lisa niet los.

'Hoe zit het nou met die band?' vraagt ze steeds.

Maar Quilfort vertelt niet wat er is gebeurd. 'Laat nou maar.' Hij doet expres zenuwachtig. 'Ik heb liever dat je het vergeet, goed?' Hij weet best dat dit Lisa nog nieuwsgieriger maakt.

Lisa fietst zonder aarzelen naar de plek waar ze de stropers zagen.

'Knap, hè?' zegt ze steeds. 'Het was hartstikke donker toen we hier waren.'

'Is het nog ver?' vraagt Quilfort.

'Nee,' zegt Lisa. 'Zie je dat pad daar? Dat moeten we over en dan is het daar ergens achter de struiken.'

Quilfort rent vooruit. 'Ik zie helemaal geen struiken.'

Lisa schrikt. Zou ze zich dan toch vergist hebben? Maar als ze doorloopt, ziet ze de struiken wel.

'Hier was het!' roept ze blij. 'Hier ongeveer hoorden we die stemmen.' Ze griezelt weer als ze eraan denkt. Opgewonden duwt ze de struiken opzij. 'Gelukkig, de boswachter heeft de klemmen weggehaald.' Ze gaan na of hij er niet een heeft vergeten.

'Kom op,' zegt Quilfort als ze geen klem kunnen vinden. 'We moeten nog een toneelstuk instuderen.' Op het moment dat hij zich om wil draaien, knijpt Lisa in zijn hand. 'Ik hoor iets, kom gauw!' Ze trekt Quilfort achter de struiken.

'Ik herken de stemmen van de stropers,' fluistert Lisa.

Help! Stel je voor dat ze gesnapt worden. Lisa en Quilfort maken zich zo klein mogelijk.

'En nou maar hopen dat die rotkinderen met hun tengels van onze klemmen afblijven,' horen ze een van de stropers zeggen.

'Dat is zeker te hopen. Ik heb net een grote bestelling binnen gekregen.' Quilfort en Lisa kijken elkaar aan. Die laatste stem hebben ze eerder gehoord, maar waar? Voorzichtig duwen ze de struiken opzij. Hun mond valt open van verbazing. De man die een klem neerzet, is de kok van de Bonte Specht. Ze moeten hier zo snel mogelijk vandaan. De kok mag niet merken dat ze hem hebben betrapt. Wie weet waar hij dan toe in staat zou zijn! Er is verder niemand in het bos die hen zou kunnen helpen.

'Wanneer vertrekken die monsters weer?' horen ze de andere man vragen.

'Morgen.' De kok zet de volgende klem neer.

Quilfort en Lisa sluipen weg. 'Vlug, we moeten het aan de meester vertellen.' Als een speer hollen ze het bospad af.

Als ze zich nou maar één keer omgedraaid hadden, dan hadden ze gezien dat de kok hen nakeek.

Het dakraam

Buiten adem komen Lisa en Quilfort bij de Bonte Specht aan.
Met een wit gezicht stormen ze op meester Tom af.
'Wat is er gebeurd?' vraagt de meester.
'We weten het...' zegt Lisa. 'We weten wie die stropers zijn.'
'Over welke stropers hebben jullie het?' Meester Tom
begrijpt er niets van. Maar als ze beginnen te vertellen, herin-
nert hij zich het verhaal weer. 'Dus het was geen grapje?'
'Nee,' zegt Lisa. 'Gisteravond in het donker zagen we alleen
twee schimmen. Maar nu hebben we ze herkend.'
De meester kijkt hen verbaasd aan. 'Je bedoelt dat jullie de
stropers kennen?'
'Die ene niet,' zegt Quilfort. 'Die hebben we nooit eerder
gezien, maar die ander kent u ook.'
Lisa kan het niet langer voor zich houden. 'Het is de kok van
de Bonte Specht!'
'Pas op, jongens.' De meester kijkt geschrokken om zich
heen. 'Je mag iemand niet zomaar beschuldigen. Ik denk echt
dat jullie je vergissen.'
Lisa kan het niet langer verdragen. Ze vliegt de meester
zowat aan. 'Stommerd! U denkt zeker dat wij alles verzinnen.' Ze wil kwaad weglopen, maar Quilfort houdt haar
tegen.
Hij is ook woedend op meester Tom. 'We zijn ons bijna
doodgeschrokken!'
'Rustig maar,' sust de meester. 'Ik geloof jullie heus wel. Ik ga
het in elk geval uitzoeken. Een momentje.' De meester over-

legt met de rest van de leiding. Daarna zien ze dat hij zijn fiets uit de schuur haalt.

Opgelucht halen Lisa en Quilfort adem. De meester gaat tenminste naar de politie.

'Mogen we mee?' vragen ze.

'Jullie móéten zelfs mee,' zegt meester Tom. 'Ik weet niet waar die klemmen staan. Kom op, dan gaan we die plek eens goed bekijken.' En hij stapt op zijn fiets.

'Eigenlijk moet ik kwaad op jullie zijn,' zegt de meester als ze over het bospad rijden. 'Jullie mogen helemaal niet zo ver weg.'

'Eigen schuld,' zegt Lisa. 'Dan had u ons maar moeten geloven.'

'Waarom zijn jullie niet nog een keer naar me toe gekomen?' Nu lacht Lisa meester Tom uit. 'Alsof dat geholpen had. U wist toch zo zeker dat wij een grap maakten.'

'Vreemd, hè?' zegt de meester. 'Hoe kom ik daar nou bij? Jullie nemen mij nooit in de maling.'

'We zijn er bijna.' Lisa en Quilfort rijden voor hun meester uit het bospad af.

'Zijn jullie zo diep het bos in geweest?' De meester schrikt ervan.

Als ze bij de struiken zijn, smijten ze hun fiets op de grond. 'Nou zult u eens wat zien!' Ze wachten tot de meester bij hen is en duwen dan de struiken opzij. 'Ziet u nou wel?'

'Ik zie niks,' zegt de meester.

Wát...? Lisa en Quilfort steken hun hoofd door de struiken. Ze kunnen hun ogen niet geloven. Er is niks meer te zien, alle klemmen zijn weg... Even denkt Lisa nog dat ze zich in de plek vergissen, maar als ze het bosje zien waarachter ze zich eerder verschuild hebben, weten ze het zeker. Het is de goede plek.

'Ze stonden hier echt,' zeggen ze.

'Ik geloof jullie wel,' zegt de meester. 'Maar nu hebben we geen bewijs.'

'Natuurlijk wel,' zegt Lisa. 'We hebben die kok toch herkend.'

'Luister,' zegt meester Tom. 'Jullie kunnen je toch vergissen? Misschien lijkt een van die stropers toevallig op de kok. Nee jongens, ik kan hem onmogelijk aangeven. Onze school wil nog vaker in de Bonte Specht logeren. Als ik de kok vals beschuldig, hoeven we hier niet meer te komen. Ik denk niet dat meester Dik daar blij mee zal zijn.'

Lisa en Quilfort zuchtten. Het is geen vergissing. Ze hebben de kok toch zelf herkend. 'Dus nu gaat u niet naar de politie?'

'Daar moet ik nog over nadenken,' zegt de meester. 'Het lijkt me beter dat we nu naar huis gaan.'

Quilfort en Lisa rapen hun fiets op. Wisten ze nu maar hoe ze hun meester kunnen overtuigen.

'Mooi is het hier, hè?' zegt meester Tom als ze door het bos terugfietsen.

Reuzemooi, denken Lisa en Quilfort, vooral met die klemmen.

Als ze het pad naar de Bonte Specht inslaan, trapt Lisa op haar rem. 'Daar heb je hem!' Ze wijst naar de kok die bij het hek staat. Ze moet zich inhouden om niet tegen hem te schreeuwen: Gemene dierenbeul, we krijgen je wel! Maar ze wil geen ruzie met de meester hebben. Stel je voor dat ze ook naar huis gestuurd wordt, net als Sid en Duko.

'Goeiemiddag,' groet meester Tom beleefd en hij stapt van zijn fiets. 'We komen net uit het bos. De kinderen hadden klemmen gezien.'

De kok knikt. 'Ja, dat vertelden ze vanmorgen.'

'Toen we een uurtje geleden in het bos waren, werden er weer klemmen neergezet,' zegt Quilfort.

'Door twee mannen,' zegt Lisa.

'Kenden jullie die mannen?' vraagt de kok.
'Ja,' zegt Lisa fel. 'Een van die mannen was u!'
Ze zien dat de kok schrikt, maar hij herstelt zich meteen.
'Oh, je bedoelt zeker dat je mij en mijn vriend de klemmen
hebt zien weghalen. Een extra controle, en niet voor niks. De
boswachter was er nog een paar vergeten.'
Wat kan de kok goed liegen. Als Quilfort en Lisa niet hadden
gehoord wat de twee mannen tegen elkaar zeiden, hadden ze
hem zo geloofd. Voordat de kinderen iets kunnen zeggen,
gaat de kok verder. 'We geloofden onze ogen niet! Alles bij
elkaar stonden er wel veertig klemmen. We hebben ze net
naar de politie gebracht. Laat die het maar uitzoeken. Het is
niet de eerste keer dat hier stropers worden gesignaleerd.'
'Zien jullie wel dat de kok alleen goede bedoelingen had,'
zegt de meester als ze doorgelopen zijn. 'Hij is echt onschul-
dig.'
Nou, Lisa en Quilfort weten wel beter. Ze zagen de kok zelf
de klemmen neerzetten. Maar ze snappen niet waarom hij ze
ineens heeft weggehaald en ermee naar de politie is gegaan.
Lisa en Quilfort rennen het huis in om hun vrienden te zoeken. Ze moeten met zijn vijven een plan bedenken. Aan de
meester hebben ze niks, dat is duidelijk. En van de rest van de
leiding hoeven ze ook geen steun te verwachten. Alle volwassenen zijn hetzelfde, ze geloven je nooit.

Daan, Frank en Kim zitten nog steeds opgesloten in de boerderij. Ze hebben in het donker het hele huis doorzocht, maar
nergens is een plek waar ze kunnen ontsnappen.
'We zullen toch door het dakraam moeten,' zegt Daan.
'Ik ga die enge zolder met die dooie beesten niet op.' Kim
blijft onder aan de trap staan.
'Wil je soms wachten tot die engerd ons vindt?' vraagt Daan.
Frank vindt ook dat Kim zich over haar angst heen moet zetten.

Daan doet er nog een schepje bovenop. 'Als die dierenbeul ons hier betrapt, hangen we morgen alledrie aan een van de zolderbalken.'

'Hou op,' zegt Kim.

'Kom dan mee.' Daan klimt de trap op. 'We moeten hier uit zien te komen en het zolderraam is onze enige kans.' Hij duwt het luik open en klimt de zolder op. Het is enger dan hij had gedacht. Het ruikt naar bloed. En de vloer ligt bezaaid met klemmen en strikken. Ineens staat zijn hart stil. In een van de strikken zit een dode haas... Toch zullen ze erlangs moeten om bij het raam te komen. Daan weet zeker dat Kim dat niet durft. Het kost hem zelf ook moeite om door te gaan. In een hoek ligt een lap. Die zou hij over de strik heen kunnen leggen. Daan doet een paar stappen naar voren, maar dan blijft hij staan. Misschien ligt er wel een dood dier onder.

'Het lijkt me beter dat Kim wacht tot wij buiten zijn,' zegt hij daarom. 'Dan maken we de luiken voor haar open.'

'En ik zeker in mijn eentje in dat enge huis blijven? Echt niet!' Kim durft het alleen als een van de jongens bij haar blijft.

'Oké,' zegt Daan. 'Blijf jij maar bij Kim, Frank. Ik ben nu toch al boven.'

'Weet je het zeker?' vraagt Frank.

'Ja.' Griezelend loopt Daan naar het raam. Hij hoopt dat het niet op slot zit, want dan moet hij het nog inslaan ook. Gelukkig is dat niet nodig. Eén klein duwtje tegen het raam en het klapt open. Daan trekt zich op en steekt zijn hoofd naar buiten. Wat is het hoog! Hij kijkt waar hij het beste naartoe kan gaan. Een eindje verderop ziet hij een regenpijp. Daan haalt diep adem en klimt het raam uit. Hij houdt zich stevig vast aan het kozijn tot hij de dakgoot voelt. Dan schrikt hij. De goot kraakt onder zijn voeten. Dat wordt niks. Daar zakt hij zo doorheen. Dan kan hij beter over de dakpannen gaan. Het zweet staat op zijn voorhoofd als hij

het kozijn loslaat. Hij voelt dat hij heel voorzichtig moet doen. Eén verkeerde beweging en hij zeilt met dakpan en al naar beneden. Hij houdt zijn adem in als hij verder kruipt.
'Gaat het?' klinkt de opgewekte stem van Frank.
Stik, denkt Daan, en hij kruipt verder. Hij kijkt maar niet naar beneden, want dan durft hij niet meer. Eindelijk is hij bij de regenpijp. Hij laat zich langzaam in de dakgoot zakken. Dan steekt hij zijn voeten over de rand en tast naar de regenpijp. Ja, hebbes! Stukje bij beetje laat hij zich verder zakken en slaat dan zijn benen om de regenpijp heen. Hij telt tot drie en roetsjt omlaag. Het is gelukt! Met trillende benen rent Daan naar de voorkant van de boerderij. Hij doet de luiken open en schuift het raam omhoog.
'Snel!' zegt hij.
Zo vlug als ze kunnen, klimmen Kim en Frank naar buiten.
'Gaan jullie maar vast.' Terwijl Daan en Kim naar hun fiets rennen, duwt Frank het raam omlaag.
'Laat toch!' roept Daan. Maar Frank doet ook de luiken nog dicht. De kok mag niet merken dat ze binnen zijn geweest.

Een superplan

Lisa en Quilfort begrijpen er niks van. Waar zitten hun vrienden? Op hun kamer ligt ook geen briefje.

'Misschien weten zij iets.' Quilfort stapt op het groepje van Mieke af. 'Hebben jullie Daan, Kim en Frank gezien?'

'Die zijn vast een toneelstuk voor vanavond aan het verzinnen,' zegt Mieke. 'Dat hebben wij net ook gedaan. Het is hartstikke gaaf geworden.'

'Maar hun fietsen staan er ook niet,' zegt Lisa.

'Oh, die zijn een eindje het bos ingegaan. Dan kunnen ze tenminste oefenen zonder dat iemand ze ziet.'

Lisa wordt boos. 'Alsof wij geen zin hebben om toneel te spelen. Ze hadden toch wel even op ons kunnen wachten?'

Quilfort wil de anderen zoeken, maar de zoemer gaat. Ze moeten naar de eetzaal. 'Ze zullen zo wel komen.' Hij gaat op de uitkijk staan.

Van alle kanten komen zevende-groepers aanlopen. Druk pratend over de afscheidsavond gaan ze de eetzaal in.

'Naar binnen.' Meester Tom klapt in zijn handen, maar Lisa en Quilfort blijven bij het hek staan. 'Daan, Kim en Frank zijn er nog niet.'

'Hè, wat vervelend.' De meester informeert bij de anderen, maar niemand heeft de drie gezien. Als hij hoort dat ook hun fietsen weg zijn, wordt hij ongerust. In plaats van naar de eetzaal te gaan, ijsbeert hij voor het hek heen en weer. Zijn humeur wordt met de minuut slechter. 'Ze kunnen toch wel klokkijken,' snauwt hij tegen Quilfort. Alsof Quilfort er iets aan kan doen dat zijn vrienden te laat zijn.

'Ik ga ze wel zoeken.' De vader van Houda haalt zijn fiets uit de schuur. Op het moment dat hij wil vertrekken, komen Daan, Kim en Frank aanfietsen.

'Waar hebben jullie gezeten?' De stem van de meester klinkt kwaad.

Daan begint te vertellen, maar zodra hij over de kok begint, valt meester Tom hem in de rede. 'Het gaat toch niet weer over de kok, hè? Lisa en Quilfort hadden ook al zo'n wild verhaal over die man. Hoe komt dat? Hebben jullie soms een film gezien met een criminele kok erin?'

'Ja, we hebben inderdaad een criminele kok gezien! Alleen niet in de film, maar in het echt.' En Daan vertelt wat ze hebben ontdekt.

'Dat klopt helemaal,' zegt Lisa. 'Want daarna is hij naar het bos gegaan. En toen hebben wij hem gezien, samen met een andere man.' Ze kijken naar hun meester. Nu moet hij hen toch wel geloven. Zal hij eindelijk naar de politie gaan om de kok aan te geven? Maar de meester is nog niet overtuigd.

'Stel, jongens,' zegt hij, 'stel dat het waar is wat jullie zeggen en dat de kok echt schuldig is. Dan zou hij die klemmen toch nooit naar de politie hebben gebracht? Hoe verklaren jullie dat dan?'

Daar weten ze niks op te zeggen.

'Zien jullie nou dat het niet zo eenvoudig is? Er zitten altijd verschillende kanten aan één zaak. Laten we maar eerst gaan eten, de zoemer is allang gegaan.'

'Eten?' Daan kijkt de meester aan of hij gek is geworden. 'Ik ga nu echt niet eten, hoor.'

Lisa valt hem bij. 'Ik krijg geen hap door mijn keel.'

Quilfort, Kim en Frank snappen de meester ook niet. Wie denkt er nu aan eten?

'Toch wordt er eerst gegeten,' zegt de meester beslist. 'Wat moeten we anders tegen de klas zeggen? Ik wil niet dat iemand iets merkt. Dat geeft veel te veel onrust. Na het eten kom ik erop terug, dat beloof ik.'

En daar houdt meester Tom zich aan. Zodra hun toetje op is, wenkt hij hen. Buiten komen meester Hans en de moeder van Mieke er ook bij. Opnieuw moeten ze hun verhaal vertellen. Gelukkig nemen die twee hen serieus.

'Hier kunnen we niet omheen, Tom. Afscheidsavond of niet, dit moet de politie weten. Gaan jullie maar.'

Zonder dat de klas iets merkt, stappen ze op hun fiets.

'Maken jullie een gezellig uitstapje?' vraagt de agent achter de balie als ze het politiebureau inkomen.

'Zo gezellig is het niet,' zegt meester Tom. 'Wij komen naar aanleiding van de klemmen die hier vanmiddag gebracht zijn.'

'Klemmen?' De agent kijkt verbaasd. 'U bedoelt wielklemmen?'

De meester schudt zijn hoofd. 'Klemmen die stropers gebruiken.'

'Nou, meneer, er worden hier nooit klemmen gebracht. Was het maar waar. Die klemmen houden de stropers zelf. Op het moment zijn ze weer behoorlijk actief. We zitten al een tijdje achter de stropers aan, maar telkens zijn ze ons te slim af.'

'Vreemd,' zegt de meester. 'Volgens de kok die in de Bonte Specht werkt, moeten hier klemmen zijn ingeleverd.'

De agent haalt zijn schouders op. 'Ik weet van niks, maar ik wil het wel even navragen.' Hij gaat naar achteren. 'Het spijt me,' zegt hij als hij terugkomt. 'Er is hier niks gebracht.'

De kinderen zien aan hun meester dat hij nu echt aan het verhaal van de kok begint te twijfelen.

'Dit was het?' De agent wil zich tot een vrouw richten die naast hen staat, maar Lisa komt er gauw tussen. 'We gaan nog niet weg. Wij hebben de stropers gezien.'

'Ja,' zegt Daan. 'En we weten ook wie het zijn.'

75

De agent kijkt de meester vragend aan. Vol spanning wachten ze zijn reactie af. Als hij het nu maar niet voor hen bederft.

'Ja, ik denk dat deze kinderen heel wat te vertellen hebben,' zegt meester Tom.

Ze kunnen hem wel om de nek vallen, zo blij zijn ze dat hij hen gelooft.

De agent is meteen een en al oor. 'Kom binnen, jongens.' Hij houdt een deur voor hen open en wijst naar een rechercheur die achter een computer zit. 'Aan deze meneer mogen jullie je verhaal vertellen.'

Eindelijk worden ze serieus genomen. De rechercheur noteert elk woord dat ze zeggen. Als ze klaar zijn, kijkt hij de kinderen streng aan. 'Jullie hebben je wel in een gevaarlijk avontuur gestort, hè? Daar is de politie voor. Gelukkig is het goed afgelopen. En, eh... ik moet zeggen, dankzij jullie zijn we een heleboel wijzer geworden.'

'Dus u gaat de kok meteen arresteren?' vragen ze.

De rechercheur schudt zijn hoofd. 'Dat kan helaas niet. Ik ken die boerderij waar jullie zijn geweest. Die is niet van de kok. Officieel woont daar een oude man die al geruime tijd in een verzorgingshuis zit. Maar het huis staat nog steeds op zijn naam. Zo te horen gebruiken die stropers dat huis, maar dat kan ik nooit hardmaken. We zullen ze op heterdaad moeten betrappen. Waar stonden die klemmen precies?' Hij vouwt een kaart van het bos open. 'Aha,' zegt hij als de kinderen de plek aanwijzen, 'daar moeten we vannacht dus zijn.'

'Nee, juist niet.' Quilfort denkt dat de rechercheur het niet goed begrepen heeft. 'Die klemmen waren toch weggehaald?'

De rechercheur knikt. 'Daar kan maar één reden voor zijn: ze hebben jullie gezien.'

Ineens wordt het Quilfort duidelijk. 'Daarom stond de kok

ook bij het hek. Hij verwachtte al dat wij de meester zouden halen.'

'Juist. Toen jullie uit het bos kwamen, had hij zijn smoesje al klaar.' De rechercheur kijkt meester Tom aan. 'U geloofde hem toch?'

'Ja,' antwoordt de meester.

'Mooi zo. Dan is hij er vast van overtuigd dat hij u om de tuin heeft geleid. Hij kon niet weten dat jullie in de boerderij zijn geweest.'

Frank is blij dat hij de luiken heeft gesloten.

'Geloof me, ze hebben het op die plek gemunt. Gisternacht is het niet gelukt door die takken van jullie, maar zodra het donker is, staan de klemmen er weer. Wij zorgen dat we daar morgenochtend bij zonsopgang zijn. Dan kunnen we ze op heterdaad betrappen en inrekenen.' De rechercheur geeft iedereen een hand en dan staan ze weer buiten.

Tevreden rijden ze terug. De meester is ook trots op hen. 'Het is toch wat!' Hij zegt het wel een paar keer. 'De politie krijgt die slimme stropers maar niet te pakken. En mijn kanjers logeren hier en ze zijn ze op het spoor.'

'Nou, zonder u was het nooit gelukt, hoor,' zegt Lisa plagerig.

'Nee,' zegt Kim. 'Het was zo fijn dat u ons meteen geloofde.'

'Ja, dat was een superflitsende actie van u. Meteen de politie bellen...'

'U had rechercheur moeten worden.' Lachend rijden ze door het bos.

'Even serieus, jongens,' zegt de meester als ze vlak bij de Bonte Specht zijn. 'Van nu af aan laten jullie alles aan de politie over.'

'Ja, meester,' antwoorden ze braaf. Maar ze weten nu al dat zij vannacht ook in het bos zijn. Zoiets spannends willen ze niet missen.

Niemand heeft iets van hun afwezigheid gemerkt. Iedereen is druk met de voorbereidingen voor de avond.

'Ik zou het leuk vinden als jullie ook nog iets voor vanavond bedachten,' zegt meester Tom.

'Nu nog?'

'Een toneelstuk redden jullie niet meer,' zegt de meester. 'Maar een of ander simpel spel is ook goed. Jullie hebben fantasie genoeg.'

Zuchtend lopen ze de kamer van de jongens in. Alsof ze nu een spel kunnen bedenken.

'We hebben wel iets belangrijkers aan ons hoofd,' zegt Frank. 'De stropers worden morgen op heterdaad betrapt, maar dat betekent wel dat ze de vallen leeghalen. En dus dat er dieren in zitten.'

'Ja,' zegt Kim. 'Zielig, hoor. De helft is verminkt en de andere helft is dood.'

Daan weet niet wat ze eraan kunnen doen. 'We kunnen niet weer takken in de klemmen stoppen. Dan zien ze al van verre dat het niet klopt en draaien om.'

'We kunnen er wel iets anders tussen doen. Dan komen ze in elk geval dichterbij om te kijken wat het is,' zegt Quilfort. De anderen knikken. 'Maar wat?'

Ineens weet Kim iets. 'We stoppen onze gympen erin.'

Dat ziet Daan niet zitten. 'En dan zeker morgenochtend op blote voeten het bos in, dank je wel.'

'Niks blote voeten. Kijk eens wat ik hier heb?' Quilfort haalt een laars uit zijn tas. 'Die moesten we toch per se meenemen van de meester? Zo hebben we nog iets aan die stomme dingen...'

'Aan tien gympen hebben we niet genoeg,' zegt Lisa. 'Of we moeten vragen of iedereen zijn gympen inlevert.'

'Dat doet niemand,' zegt Frank. 'Alleen als ze weten waar het voor is, maar dan willen ze morgenochtend ook mee natuurlijk.'

'Dat mag toch.' Daan ziet de krantenkop al voor zich: DE GROTE BEER VANGT STROPERS.

'Maar hoe komt de klas het te weten?' vraagt Kim. 'We kunnen toch niet langs alle kamers gaan. Dat merkt de meester vast.'

Lisa begint te lachen. 'Ik weet een goeie.' Gierend van het lachen rolt ze over het bed.

'Vertel nou?' Ze worden nieuwsgierig.

'Haha... we moesten toch een spel verzinnen? Nou, ik weet een spel: een heel spannend spel. We zeggen dat de leiding op de gang moet, dat hoort bij ons spel. En dan krijgt de klas te horen wat er aan de hand is.'

'Die is goed,' zegt Daan. 'En dan trekken ze allemaal hun gympen uit. Die gooien we uit het raam. Daarna klimmen er twee van ons door het raam naar buiten en die stoppen de gympen in de klemmen.'

Quilfort vindt dat ze dan van tevoren twee fietsen klaar moeten zetten. En dat iedereen zo moet gaan zitten dat je geen voeten ziet, anders is hij bang dat het te veel opvalt.

'En het moet al donker zijn,' zegt Kim. 'Anders staan die klemmen er nog niet.'

Frank heeft al een oplossing. 'We gaan gewoon als laatste, makkelijk toch?'

'En wat zeggen we dan als de leiding binnenkomt?'

'Dan laten we ze iets raden,' zegt Quilfort. 'Gewoon iets stoms.'

'Nee,' zegt Lisa. 'Ze moeten raden wat wij besproken hebben. En dat raden ze nooit. Want ze durven het niet eens hardop te zeggen. Niemand mag het toch weten...'

'Hahaha...' Nu dringt het tot hen door wat Lisa bedoelt. Ze vinden het allevier een superplan.

Een heldendaad

De afscheidsavond is één groot feest. Bijna iedereen heeft wel iets bedacht. Sommigen houden een quiz, anderen gaan playbacken. En de leiding voert een toneelstuk op. Ze wisten niet dat meester Tom zo gek kon doen. De tranen van het lachen stromen over hun wangen. Ze zijn de stropers zelfs even vergeten.

'En dan tot slot staat er nog een spel op het programma,' zegt meester Tom als het toneelstuk is afgelopen.

Kim, Frank, Lisa, Quilfort en Daan komen naar voren. Ineens worden ze zenuwachtig. Hun plan moet lukken! Gelukkig begint het goed.

De leiding heeft geen enkele argwaan. Ze gaan zonder problemen de gang op.

Het verhaal van de stropers maakt wel indruk op de klas. Iedereen is solidair en trekt zijn gympen uit. Daan en Lisa gooien ze snel naar buiten. Daarna klimmen ze samen het raam uit. Het staat voor iedereen vast dat die twee het snelst kunnen fietsen.

Er moet wel erg veel worden besproken. Af en toe klopt meester Tom ongeduldig op de deur. De zevende-groepers spelen het spel goed mee. De leiding kan niks aan hen merken. Ook niet als Kim heel serieus vertelt dat ze moeten raden wat er besproken is. Het gaat precies zoals ze hebben verwacht. Na een paar keer raden geven ze het op.

'Maar wát hebben jullie nou besproken?' vraagt meester Tom.

'Dat staat morgen in de krant,' zegt Quilfort. En dan begint iedereen te juichen.

Alles verloopt volgens plan. Na een half uur glippen Lisa en Daan de zaal weer in. Gelukkig heeft niemand van de volwassenen hen gemist. Iedereen wacht vol spanning of de klemmen er stonden. Ze kunnen het niet van Daans gezicht aflezen. En Lisa laat ook niks merken. Pas als de leiding niet kijkt, steken ze hun duim op.

Vannacht om drie uur gaan ze op pad, dat hebben ze afgesproken. Dit keer hoeven ze niet bang te zijn dat ze zich verslapen. Ze keten aan één stuk door.

Voor de zoveelste keer komt meester Tom de kamer van Daan, Frank en Quilfort in. 'Nu moet het afgelopen zijn!' schreeuwt hij. 'Het is half drie. Nu gaat iedereen naar zijn eigen bed.' Hij plukt de halve klas onder de bedden uit. 'Goed meester,' klinkt het braaf.

'Welterusten,' zeggen ze gapend. Zogenaamd slaperig lopen ze naar hun kamer.

'Hèhè, ik geloof dat we eindelijk rust krijgen,' horen ze de meesters tegen elkaar zeggen.

'Dat is ook zo,' fluistert Lisa. 'Over een half uur zitten we op de fiets.'

In alle kamers kijken de kinderen op hun horloge. Ze zitten al klaar, met hun laarzen aan. Precies om drie uur klimmen ze het raam uit. Ze mogen geen geluid maken. Stel je voor dat een van de meesters hen betrapt. Fhad en Paul staan als eersten buiten. Zij moeten de kamers van de leiding bewaken. Zodra ze daarbinnen iets horen, zullen ze een teken geven en dan gaat iedereen snel terug in zijn bed. Al doen ze nog zo zachtjes, af en toe kraakt het toch. Het gevaar is bijna geweken, alleen Patricia moet nog naar buiten komen. Sommigen staan al bij hun fiets. Patricia's laars blijft achter de vensterbank hangen. Ze kan zich wel voor het hoofd slaan. Ze probeert hem nog te pakken, maar het ding valt met een plof op de grond. Vol spanning kijken ze naar Fhad en Paul. Maar ze hebben geluk; de leiding slaapt erdoorheen. Als iedereen buiten staat, lopen ze zo zachtjes mogelijk met hun fiets aan de hand het hek door. In een lange sliert rijden ze weg. Het is dat ze geen lawaai mogen maken, anders zou er zeker gejuich losbarsten. Van vreugde wippen ze op hun zadel. Het is gelukt! De leiding heeft niks gemerkt.

Bij de rand van het bos stappen ze af. Ze verbergen hun fiets in de struiken.

Quilfort neemt de leiding. 'Heeft iedereen zijn zaklamp?' Nog geen tel later schitteren er twintig lichtjes in het donker. 'Mooi, doe ze maar weer uit,' zegt Quilfort. 'Alleen in nood mogen jullie ze gebruiken. Iedereen klaar? Dan gaan we nu het bos in. Denk erom: geen geluid. De politie mag ons niet horen en de stropers al helemaal niet.'

Achter elkaar lopen ze het donker in. Gelukkig schijnt de maan, anders zagen ze niks. Ze doen zo voorzichtig mogelijk, maar toch gaat er af en toe iets mis. Jeroen struikelt over een boomstronk. Het scheelt een haar of ze vallen allemaal over hem heen. Even later stapt Houda in een kuil en verzwikt zich. Ze wil au roepen, maar houdt zich nog net op tijd in. Ineens blijft Quilfort met gespreide armen op het pad staan. Dat betekent dat ze niet verder mogen. Het is een geschikte plek. Niet te ver, maar wel zo dat ze kunnen zien wat er gebeurt. Ze wachten tot Quilfort naar voren sluipt. Als hij terugkomt, steekt hij twee duimen op. Gelukkig, de gympen zitten nog in de klemmen. Nu weet iedereen wat hem te doen staat. Ze gaan uit elkaar en zoeken een plek.

Ze zitten al een half uur verscholen in de bosjes en er is nog steeds niks gebeurd. De meesten krijgen het koud, maar dat kan ook van de spanning zijn. Het begint al een beetje te schemeren als ze geritsel horen. Ze zien een groepje mannen.

Zouden dat de stropers zijn? Kim voelt een ijskoude rilling over haar rug. Er zijn er meer die ineens bibberen. Dat komt doordat het nu menens wordt. Maar de mannen gaan niet naar de klemmen, ze verstoppen zich. Dan zijn die dus van de politie. De kinderen van de Grote Beer wachten vol spanning. Zouden de stropers wel komen? Het duurt zo lang. Toch blijft iedereen muisstil op zijn plek zitten. Als hun meester zijn klas nu zou zien, zou hij trots op ze zijn. Plotseling richten vierentwintig hoofden zich op. Ze hebben het goed gehoord: door de struiken heen zien ze twee mannen aankomen. Het is voor iedereen duidelijk dat het de stropers zijn. Ze zien de mannen naar de klemmen lopen. Iedereen houdt zijn adem in. Hier hebben ze al die tijd op gewacht. Als het maar lukt. De mannen kijken rond. Als ze hen maar niet zien! De mannen denken dat de kust veilig is en stappen op de klemmen af. Het duurt even, maar dan zien de stropers dat er iets niet klopt.

'Wie heeft dit geflikt?' Daan herkent de stem van de kok.

'Dat tuig heeft weer aan onze klemmen gezeten.'

Vijf agenten springen te voorschijn. 'Handen omhoog!' roepen ze.

Een van de stropers doet zijn handen omhoog, maar de kok begint te rennen.

'Staan blijven!' brullen de agenten.

De kok rent door. Hij holt hun kant op. Wat moeten ze doen? Dit hadden ze niet verwacht. Sommigen gaan op de grond liggen en anderen geven van schrik een gil. Ze hebben het gevoel dat ze in een spannende film meespelen. Drie agenten gaan de kok achterna, maar de kok rent keihard. Machteloos kijken ze toe nu hij weet te ontsnappen. Maar wat gebeurt daar? Iemand werpt zich voor de kok. De kok heeft het te laat in de gaten en struikelt. Hij wil overeind krabbelen, maar drie politieagenten werpen zich boven op hem.

De kinderen zien hoe de agenten de kok van de grond trek-
ken, maar ze trekken nog iemand omhoog. Het is Frank!
Hun mond valt open. Ze hadden niet gedacht dat Frank
zoiets zou durven.
'Rotjoch!' De kok wil Frank een trap geven, maar de agenten
trekken hem weg. Twee van de drie nemen de kok mee. De
agent die overblijft, kijkt Frank aan. 'Heb je je bezeerd?'
Iedereen komt erbij staan.
Frank schudt zijn hoofd. 'Ik ben een bikkel.'
'Het was dapper van je,' zegt de agent. 'Maar ook gevaarlijk.
En wat deden jullie hier trouwens? Weten jullie wel wat er
had kunnen gebeuren?'
'Het was wel een superactie van ons. Een stroper getackeld
en een heleboel dieren gered.' Lisa wijst naar de klemmen.
Ze lopen ernaartoe. 'Kijk, dit is mijn gymp,' zegt er een.
'En dit is de mijne.'
'En deze is van mij.' Mieke wil haar gymp uit de klem halen.
'Afblijven!' zegt de agent streng. 'Ik denk dat er nog een foto
van gemaakt moet worden. Die gympen krijgen jullie heus
terug, daar zorg ik voor.' Terwijl hij de klemmen bekijkt,
schudt hij zijn hoofd. 'Jullie zijn wel een bijdehand stelletje.
Weet jullie meester dat jullie hier zijn?'
'Nee, onze meester is niet zo bijdehand.' En dan moet de
agent ook wel lachen.

Het is allang licht als meester Tom 's morgens wakker wordt.
Het verbaast hem niks dat het nog stil is. Het was ook zo laat
vannacht.
Ik zal ze toch moeten wekken, denkt hij na een poosje. We
moeten vandaag naar huis. Hij vraagt zich af wat voor weer
het is en schuift het gordijn open. Het ziet er nogal wisselval-
lig uit. Om het zeker te weten zet hij de radio aan. Op het
nieuws hoort hij dat de stropers in de vroege ochtend zijn
gepakt.

'Dat moet ik aan de kinderen vertellen.' Meester Tom wil zijn groep gaan wekken, maar in de deuropening blijft hij staan. Hij kan zijn oren niet geloven.

Volgens de nieuwslezer waren de kinderen van de Grote Beer bij de aanhouding betrokken. Dat kan toch niet? Ze liggen allemaal in bed. Maar nog geen minuut later komt hij erachter dat de nieuwslezer gelijk heeft. Elke kamer die hij opendoet is leeg. De meester vertelt het snel aan de rest van de leiding. Ze zijn sprakeloos.

'Ik neem meteen contact op met de politie.' Als meester Tom door de eetzaal loopt, op weg naar de telefoon, spreekt een man hem aan. 'Goedemorgen, ik ben de journalist van de plaatselijke krant. Zou ik uw leerlingen mogen interviewen? Het schijnt dat ze een belangrijke bijdrage hebben geleverd bij het aanhouden van de stropers.'

'Ik eh...' De journalist overrompelt meester Tom. Hij weet echt niet wat hij moet zeggen.

Buiten klinkt het gerinkel van fietsbellen.

'Ah, daar zijn ze al.' De journalist gaat de kinderen tegemoet. 'Mag ik jullie een paar vragen stellen?' Maar hij hoeft niks te vragen, het hele verhaal komt er achter elkaar uit.

'Niet zo snel, niet zo snel,' roept de journalist af en toe. Als hij het verhaal heeft opgeschreven, neemt hij Frank nog even apart. 'Dus jij hebt je zomaar voor die stroper geworpen. Ben je altijd zo dapper?'

'Niet echt,' zegt Frank. 'Alleen als het om dieren gaat. Ik dacht er niet over na, ik deed het gewoon.'

Er komt nu ook een fotograaf aan. Hij wil een foto van de hele klas maken.

'Waar is de held?' vraagt hij. 'Die moet voorop.'

Eerst wordt Frank verlegen, maar hij is toch wel trots.

'Daar gaat-ie.' En de fotograaf klikt. Niet één keer, nee, hij schiet een heel rolletje vol.

Als alle foto's gemaakt zijn, pakt hij zijn spullen weer in.

'Vanavond kunnen jullie het lezen in de plaatselijke krant, jongens.'
'Vanavond?' Teleurgesteld kijken ze elkaar aan. Dan zijn ze alweer thuis. De man schrijft het adres van de school op, zodat hij een aantal exemplaren kan opsturen.
Ze moeten zich haasten, want de zoemer gaat. Iedereen loopt naar de eetzaal. Ze hebben best trek gekregen van hun avontuur.
De baas van het huis gaat staan. Als het stil is, begint hij te spreken. 'Jongens en meisjes, ik heb gehoord hoe dapper jullie zijn geweest. Natuurlijk vind ik het heel erg dat mijn kok bij dit schandaal is betrokken. Maar ik ben er trots op dat ik hier zulke dappere kinderen mocht ontvangen. Ik ben jullie heel dankbaar. En niet alleen ik ben dat, de hele omgeving is blij. Het is voor ons allemaal een enorme opluchting dat er een eind gemaakt is aan die gruwelijke stroperij. Namens alle bewoners wil ik jullie een extra nacht in de Bonte Specht aanbieden. Alleen als jullie ouders het goedvinden natuurlijk.'
Er barst gejuich los.
'Nou, mijn ouders vinden het allang best. Ze zijn blij dat ze even van me af zijn,' zegt Lisa.
'De mijne ook!'
Meester Tom wil vertellen hoe ze de dag gaan invullen, maar hij komt niet boven het lawaai uit. Het is duidelijk dat groep zeven het een fantastisch idee vindt.
'Ik zal meester Dik bellen,' zegt hij als het stil is. 'Hij regelt het wel met jullie ouders. Ik ben er zeker van dat hij onmiddellijk hierheen komt als alles geregeld is. Het lijkt ons een goed idee als hij Sid en Duko meeneemt.'
Daar is iedereen het mee eens. Die twee hebben nu wel straf genoeg gehad. 'Voordat ik ga bellen,' gaat hij verder. 'Heb ik jullie nog wat te vragen.'
'En wij hebben ook een vraag voor u,' zegt Quilfort. 'Weet u nu al wat we gisteravond besproken hebben?'

'Ik denk dat dat vanavond in de plaatselijke krant staat,' zegt de meester.
En dan begint iedereen te joelen. 'Nou nou, niet te bijdehand, hè meester...'